L'ENFANT SAUVAGE

DU MÊME AUTEUR

WATER MUSIC, *roman*, traduit par Robert Pépin, Phébus, 1988.

LA BELLE AFFAIRE, *roman*, traduit par Gérard Piloquet, Phébus, 1991. Seuil, 1993.

AU BOUT DU MONDE, *roman*, traduit par Jef Tombeur, Grasset, 1991.

SI LE FLEUVE ÉTAIT WHISKY, *nouvelles*, traduit par Robert Pépin, Grasset, 1992.

L'ORIENT, C'EST L'ORIENT, *roman*, traduit par Robert Pépin, Grasset, 1993.

AUX BONS SOINS DU DOCTEUR KELLOGG, *roman*, traduit par Robert Pépin, Grasset, 1994.

HISTOIRES SANS HÉROS, *nouvelles*, traduit par Robert Pépin, Grasset, 1996.

AMÉRICA, *roman*, traduit par Robert Pépin, Grasset, 1997.

RIVEN ROCK, *roman*, traduit par Robert Pépin, Grasset, 1998.

25 HISTOIRES D'AMOUR, *nouvelles*, traduit par Robert Pépin et Jef Tombeur, Grasset, 2000.

Suite en fin de volume

T. CORAGHESSAN BOYLE

L'ENFANT SAUVAGE

Traduit de l'anglais (États-Unis) par
PIERRE DEMARTY

BERNARD GRASSET
PARIS

*Ce texte est paru à l'origine, sous le titre « Wild Child »,
dans la revue* McSweeney's, *puis dans le recueil de
nouvelles intitulé* Wild Child and Other Stories,
*publié en 2010 par Viking Penguin,
a member of Penguin Group (USA) Inc.*

Photo de couverture :

ISBN 978-2-246-76441-0

1

Un soir d'automne, alors que les premières averses de la saison éparpillaient les feuilles au pied des arbres tel un tapis de billets, les branches luisant d'un noir éclat sur un ciel diminué, des chasseurs du village de Lacaune, dans le Languedoc, qui rentraient chez eux bredouilles et transis, aperçurent une silhouette humaine dans la pénombre devant eux. C'était, semblait-il, un enfant ; un garçon. Il était entièrement nu, indifférent à la pluie comme au froid. Absorbé par quelque tâche – il essayait de casser des noix entre deux pierres, comprirent bientôt les chasseurs –, il ne les vit pas approcher. Mais l'un d'eux – Messier, le forgeron du village, dont les mains et les avant-bras étaient burinés comme ceux d'un Peau-Rouge à force de labeur – marcha dans une ornière, perdit l'équilibre et fut soudain projeté dans le champ de vision du garçon. Ce mouvement brusque l'effraya. En un éclair, la silhouette accroupie devant son petit tas de noix disparut dans les sous-bois, vive comme une hermine ou une belette. Aucun des chasseurs n'aurait pu en jurer – l'apparition avait été si furtive, quelques secondes à peine – mais tous témoignèrent avoir vu la même chose : le garçon s'était enfui à quatre pattes.

Une semaine plus tard, on l'aperçut à nouveau, cette fois en lisière du champ d'un fermier, déterrant des pommes de terre et les dévorant aussitôt, telles quelles, sans les faire cuire ni même les rincer. Le premier instinct du fermier fut de le chasser, mais il se ravisa ; il avait entendu parler d'un enfant de la forêt, un enfant sauvage, et il se rapprocha à tâtons pour observer le phénomène. Il vit que l'enfant était très jeune en effet, huit ou neuf ans tout au plus, et qu'il fouissait la terre détrempée à l'aide de ses seules mains nues aux ongles cassés, comme un chien. À première vue, il semblait normal, bougeant bras et jambes avec aisance, mais il était d'une maigreur alarmante et ses gestes étaient brusques et incontrôlés – à un moment, alors que le fermier n'était plus qu'à une vingtaine de mètres de distance, l'enfant leva la tête et leurs regards se croisèrent. Il était difficile de distinguer les traits de son visage, dissimulés sous le chaume épais et hirsute de sa chevelure. Rien ne bougeait, ni le troupeau sur la colline, ni les nuages dans le ciel. La campagne était plongée dans un silence quasi surnaturel ; les oiseaux dans les haies retenaient leur souffle, le vent était tombé, et les insectes eux-mêmes ne faisaient plus aucun bruit à la surface du sol. Ce regard – ces yeux fixes, noirs comme du café qu'on vient de verser du pot, ce froncement de la bouche autour de canines décolorées –, c'était le regard d'une âme damnée, un regard dément, étrange, haineux. Ce fut le fermier qui dut détourner les yeux.

C'est ainsi que tout commença, la légende enflant, grondant et bouillonnant dans toutes les marmites de la région au cours de l'automne 1797, en cette cinquième année de la nouvelle République, et jusqu'au début de l'année suivante. La Terreur était terminée, le roi était mort, la vie – surtout en province – reprenait son cours. Les gens avaient besoin de mystère, besoin de croire à l'occulte et au miraculeux, et ils furent nombreux – cueilleurs de champignons, chasseurs de truffes ou d'écureuils, paysans courbés sous le poids de leurs fagots ou de leurs paniers de navets et d'oignons – à guetter le garçon dans les bois, mais on ne le revit pas avant le printemps suivant ; cette fois, ce fut un groupe de trois bûcherons menés par Messier, le forgeron, qui l'aperçurent, et cette fois, ils se lancèrent à sa poursuite. Ils le pourchassèrent sans réfléchir, sans raison, ils le pourchassèrent parce qu'il s'enfuyait devant eux, ils le pourchassèrent comme ils se seraient lancés aux trousses de n'importe quel animal, un chat, une biche, un sanglier. Il finit par trouver refuge dans un arbre et, sifflant entre ses dents, il secoua les branches et leur lança des projectiles. Dès que l'un d'eux essayait de grimper pour attraper son pied calleux, il se faisait frapper et mordre, jusqu'au moment où ils décidèrent de l'enfumer pour le faire descendre. On bâtit un feu au pied de l'arbre, et le garçon, retranché derrière l'abîme de son regard, observa tout du long ces trois bipèdes, ces animaux débraillés, violents, criards et d'allure si étrange. Il faut se le représenter, ainsi recroquevillé, perché dans les plus hautes branches, la peau striée de coupures et râpée comme un cuir grossièrement tanné, la ligne pâle de sa cicatrice à la gorge visible même depuis le sol, ses pieds se balançant dans le vide, ses bras ballant, tandis que la fumée montait autour de lui.

Il faut se le représenter, car lui-même en était incapable. Il ne connaissait que l'immédiat, n'éprouvait que ce que lui dictaient ses sens. À l'âge de cinq ans, chétif et famélique, treizième rejeton borné d'une famille de paysans qui ne l'étaient pas moins, faible d'esprit et ne sachant pas encore parler, il avait été emmené dans la forêt de la Bassine par une femme qu'il connaissait à peine et qui n'était presque rien pour lui, la seconde épouse de son père ; et comme celle-ci n'avait pas le courage de faire ce qu'elle devait faire, lorsqu'elle attrapa l'enfant par les cheveux et lui tordit la tête pour tendre la peau de son cou, elle ferma les yeux de toutes ses forces, et la lame du couteau manqua sa cible. Mais pas complètement. Son sang s'écoula en fumant sur les feuilles et il demeura là, petit tas squelettique ramassé sur lui-même, tandis que la nuit tombait et que la femme s'éloignait à reculons dans la forêt.

Il ne se rappelait pas cet épisode, ni les heures passées à errer et à fourrager jusqu'à ce que sa chemise et son pantalon de toile crue partent en lambeaux, réduits en haillons informes ; il n'avait aucun souvenir. Pour lui, seul existait le moment présent, les moments où il attrapait des choses pour assouvir sa faim, des choses sans nom ni qualité hormis leur entêtement à lui échapper, grenouilles et salamandres, une souris, un écureuil, des oisillons dans leur nid, ou même le suc doux-amer des œufs pas encore éclos. Il trouvait des baies, des champignons, il mangeait des choses qui le rendaient malade et aiguisaient en même temps son goût, son odorat, lui apprenant à distinguer ce qui était comestible de ce qui ne l'était pas. Se sentait-il seul ? Était-il effrayé ? Avait-il des superstitions ? Nul ne peut le dire. Et lui-même n'aurait pas su répondre, car il ne possédait ni langage, ni pensées, ni conscience d'être en vie ni moyen de savoir où il était ni pourquoi. C'était un être sauvage, une créature de pur instinct, et sa vie n'était pas différente de celle des autres bêtes de la forêt.

La fumée lui piquait les yeux, lui coupait la respiration. Sous ses pieds, le feu grandissait, grimpait, et tout devenait obscur. Quand il tomba, ils l'attrapèrent.

2

Le feu – ça, il connaissait. Les restes des brasiers que faisaient flamber les paysans avec le chaume et les fanes de la récolte passée. Il avait appris d'expérience qu'une pomme de terre plongée dans les cendres en ressort transformée en nourriture, savoureuse et odorante, mais ce brasier-là, celui qu'avaient allumé les bûcherons, l'étourdissait et empoisonnait l'air autour de lui, et il sombra dans un état second. Messier le ramassa, lui attacha les membres, et les trois hommes le ramenèrent au village de Lacaune. C'était la fin de l'après-midi ; déjà la nuit resserrait son étreinte autour du tronc des arbres et s'accrochait aux buissons, lourde comme une poix. Les trois bûcherons avaient hâte de rentrer chez eux, de se réchauffer devant l'âtre – il faisait froid pour un mois d'avril, et un léger crachin tombait du ciel – mais ils avaient mis la main sur ce prodige, ce monstre de la nature, et leur stupéfiante trouvaille leur inspirait la force d'aller de l'avant. Avant même qu'ils n'arrivent en vue des premiers toits du bourg, le garçon inanimé ballottant en travers de l'épaule de Messier, tout le village était averti de leur arrivée. Le père Fasquelle, doyen des habitants de Lacaune, dont les souvenirs remontaient jusqu'au règne du père du père du roi décapité, sortit dans la rue, bouche bée ; tous les enfants désertèrent d'un pas joyeux les arrière-cours et les perrons pour se précipiter en foule vers le cortège, et leurs parents lâchèrent bêches, louches et fourneaux pour les rejoindre.

Ils emmenèrent le garçon à la taverne – il n'y avait guère d'autre endroit possible, hormis l'église, qui ne semblait pas le lieu le plus indiqué, du moins pas pour l'heure – et c'est alors qu'il reprit connaissance, au moment même où Messier franchissait le seuil, aidé par Defarge, l'aubergiste. Le forgeron tenait d'une main ferme les jambes du garçon et, de l'autre, le soutenait par les reins ; les mains de l'aubergiste, plus blanches et moins rugueuses, s'emparèrent des épaules et de la tête. Derrière eux, les deux comparses de Messier, suivis par la foule compacte des villageois : les enfants qui hurlaient, les hommes et les femmes qui jouaient des coudes pour avoir la meilleure vue, et tout le monde les yeux rivés sur la porte – un quidam assistant par hasard à cette scène aurait pu croire que le maire avait décrété la journée fériée et offert une tournée générale à tout le village. Pendant un instant, le temps suspendit son vol : la foule poussait, l'enfant était pris entre l'extérieur et l'intérieur de la bâtisse ; le monde sauvage et le monde civilisé se toisaient. Alors, les yeux noirs de l'enfant s'ouvrirent en un éclair, et d'un violent mouvement il releva la tête et plongea ses dents dans le gras du menton de Defarge.

Panique soudaine. L'aubergiste poussa un hurlement ; la terreur et la douleur lui firent lâcher prise alors même que Messier resserrait ses mains autour des jambes de l'enfant, si bien que ce dernier, libérant sa proie, s'effondra par terre ; on eût dit, rapportèrent les témoins, une tortue des marais extirpée de sa vase dont la tête verdâtre aurait soudain jailli pour frapper à l'aveugle. Le sang coula, instantané, paralysant, irriguant en quelques secondes toute la barbe de l'aubergiste. Ceux qui étaient déjà à l'intérieur s'éloignèrent de lui dans un sursaut, et ceux qui poussaient à la porte se retirèrent précipitamment, tandis que l'enfant, qui avait entraîné Messier dans sa chute, ruait et se tordait au sol. Il y eut des cris, des rugissements, deux ou trois femmes firent même retentir de profonds et féroces sanglots, déchirant le cœur de la foule – une créature sauvage était parmi eux, une bête, un démon, là, à leurs pieds, chose grouillante dans la pénombre de la taverne, le groin humide de sang. Abasourdi, même Messier perdit sa contenance et se redressa d'un bond, l'air effaré comme si c'était lui qui venait de se faire attaquer.

« Qu'on le poignarde ! siffla quelqu'un. Tuez-le ! »

Mais ils virent bientôt que ce n'était qu'un enfant. Il devait mesurer un mètre quarante à peine, et peser guère plus de trente kilos de peau et d'os ; deux hommes lui couvrirent alors le visage avec un torchon pour qu'il ne morde pas et le plaquèrent au sol de tout leur poids jusqu'à ce qu'il arrête de gigoter et que ses mains griffues, dont il avait réussi à défaire les liens, soient de nouveau attachées. « Il n'y a rien à craindre, proclama Messier. Ce n'est qu'un enfant humain, rien de plus. » On emmena Defarge, pestant, se faire soigner ; personne ne pensait à la rage – pas encore, en tout cas – et tout le monde s'approcha alors, tout le monde fit cercle pour toucher et palper la créature ligotée, l'enfant sauvage qu'on avait arraché à la forteresse de la forêt. Ils virent que sa peau était rugueuse et noire comme celle d'un Maure, que les cals de ses pieds étaient épais et cornés, et qu'il avait les dents jaunes comme un bouc. Ses cheveux, rideau de graisse tombant sur son visage et sur la trame effilée du torchon qu'ils lui avaient enfoncé dans la bouche, les mettaient à l'abri de son regard fixe. Personne n'avait songé à couvrir ses parties génitales – son sexe d'enfant : deux noisettes et une brindille.

La nuit poursuivait sa course et personne ne voulait quitter la taverne ; ceux qui n'avaient pu entrer rôdaient devant la porte ouverte et faisaient la queue pour jeter un deuxième ou un troisième coup d'œil à l'intérieur ; la boisson coulait à flots ; un froid encore hivernal glaçait l'obscurité ; la femme de Defarge nourrissait le feu avec du petit bois ; et tous, hommes, femmes, enfants, songeaient qu'ils avaient assisté à un miracle, à un spectacle plus terrifiant et prodigieux encore que la naissance du veau à deux têtes, l'an passé chez Mansard, ou que la vipère qui avait eu une portée de cent petits. Ils donnaient des coups à l'enfant, ils le tâtaient du bout de leurs sabots et de leurs bottes ; les plus curieux – ou les plus courageux – se penchaient pour le renifler, et chacun déclarait flairer sur lui l'odeur de la bête sauvage dans son terrier. À un moment, le prêtre vint pour le bénir, mais, quoique même les Indiens d'Amérique eussent été ramenés dans le giron du Seigneur, tout comme leurs frères aborigènes d'Afrique et d'Asie, devant l'enfant, il se ravisa. « Qu'y a-t-il, mon père ? demanda quelqu'un. N'est-il donc pas humain ? »

Mais le prêtre, un tout jeune homme au visage angélique et presque glabre encore, se contenta de hocher la tête et tourna les talons.

Plus tard, quand la lassitude eut vaincu la curiosité, que les paupières devinrent lourdes et que les mentons commencèrent à s'affaisser sur les poitrines, Messier, le plus fort en gueule et possessif du groupe, insista pour qu'on enferme le prodige dans l'arrière-salle de la taverne jusqu'au matin, le temps de répandre la nouvelle de sa capture dans toute la région. Ils avaient ôté à l'enfant son bâillon, pour le laisser boire et manger, et certains, des femmes surtout, avaient tenté de lui faire goûter tel ou tel aliment – un quignon de pain, du ragoût de lapin, du vin, du bouillon –, mais il s'était débattu et avait tout recraché. Quelqu'un émit l'hypothèse qu'il avait été élevé par les loups, comme Remus et Romulus, et qu'il n'ingurgiterait rien d'autre que du lait de louve ; on lui donna alors quelques gouttes du simulacre qui s'en approchait le plus – le lait d'une des chiennes du village qui venait de mettre bas –, mais de cela non plus il ne voulut pas. Les abats, les œufs, le beurre, le boudin ni le fromage n'eurent plus de succès. Pour finir, après avoir patiemment et prudemment agité du bout des doigts diverses offrandes sous le nez de la créature ligotée et gesticulante, les villageois abandonnèrent et rentrèrent chez eux se coucher, tout fiers et excités par leur découverte, mais las, très las, et très imbibés.

Alors vint le silence. L'obscurité. Choqué, engourdi, l'enfant resta allongé par terre, dans un demi-sommeil. Il tremblait, non pas de froid, car il était indifférent aux intempéries, même à l'hiver et aux journées les plus ingrates, mais de peur. Il ne sentait plus ses membres ; les cordes avaient été nouées si serré qu'elles le ligaturaient, lui coupaient la circulation, et il était terrorisé par cet endroit qu'il ne connaissait pas et dont il était prisonnier, ce lieu clos de tous côtés d'où l'on ne voyait pas les étoiles, d'où l'on ne sentait pas les effluves des pins, des genévriers ou de l'eau. Des animaux, plus grands et plus forts que lui, s'étaient emparés de lui pour leur bon plaisir, pour faire de lui leur proie, et la peur était à présent son seul horizon car il ne possédait pas de mot pour dire la mort, ni même la penser. Lui-même attrapait des choses, des petites choses vivaces et effrayées, qu'il tuait puis mangeait, mais c'était en d'autres lieux, en d'autres temps. Peut-être faisait-il le lien, peut-être pas. Mais à un moment, quand la lune se fut levée et qu'un infime rai de lumière perça entre les jointures de deux pierres sur le mur le plus proche, il se mit à bouger.

Il n'avait aucune notion du temps. Il se contorsionna, il se balança, il poussa contre le sol du bout de ses orteils souples, il gratta avec ses ongles, il se déhancha par terre, encore et encore, jusqu'à ce que les cordes cèdent. Quand elles furent tout à fait déliées, il les arracha comme des lambeaux de végétation, comme le lierre, les plantes grimpantes et les branchages qui s'accrochaient à ses poignets et à ses chevilles quand il déambulait en forêt, et l'instant d'après, il explorait la pièce en tous sens. Il y avait deux portes, mais il ne savait pas ce qu'était une porte, et sa terreur avait été telle, quand on l'avait amené ici, jeté sur un mince tapis de paille à même le sol dur, qu'il n'avait pas compris à quoi cela pouvait servir. Mais il les sentait, il en sentait le bois, cette texture différente de celle de la pierre, et il s'appuya de tout son poids. Il ne se passa rien. Les deux portes – l'une ouvrait sur la taverne, l'autre sur l'arrière-cour – étaient verrouillées, et quand bien même elles ne l'auraient pas été, il eût été incapable de percer le secret de leurs gonds et de leur mécanisme. Mais au-dessus de lui, il y avait le toit : un simple toit de chaume sur une armature de rondins serrés les uns contre les autres, tels des doigts et des orteils. D'un seul bond, il s'y retrouva agrippé, tête à l'envers comme une espèce d'énorme insecte, après quoi il n'eut aucun mal à séparer deux rondins et à se creuser une ouverture dans le chaume pour grimper vers la nuit.

3

Pendant plus de deux ans il échappa à la capture, rôdant tel un cauchemar dans les pensées de chacun, et lorsque le mistral faisait grincer les toits et s'engouffrait en hurlant dans les cheminées, on disait que c'était lui qui ameutait les esprits de la forêt. Si une poule disparaissait, on accusait l'enfant sauvage, quoique personne n'eût pu dire s'il mangeait de la viande ou s'il savait même ce que c'était. Chaque fois qu'il pleuvait trop, chaque fois qu'il ne pleuvait pas assez, si les récoltes étaient dévastées par la rouille ou les vignes par les pucerons, les gens se signaient et maudissaient son nom. Ce n'était pas un enfant ; c'était une âme damnée, un démon en exil, pareil aux anges déchus, muet et dément, qui vous clouait du regard. Les paysans rapportaient l'avoir vu gambader dans les prés au clair de lune, nager comme un rat dans les rivières, folâtrer au soleil pendant l'été et courir entre les monticules de neige clairsemant les collines durant l'hiver, imperméable au froid. Ils l'appelaient l'Enfant Nu. L'Animal. Ou, simplement, le Sauvage.

Lui fouillait, creusait et suivait son instinct. Ses besoins étaient primaires, il n'avait qu'à se sustenter ; il courait les champs comme n'importe quelle autre créature de la forêt et prenait les mêmes risques – se faire attraper, tirer dessus, ou se figer d'effroi devant les haillons d'un épouvantail battant dans le vent. Mais il ne parvenait guère, on l'imagine, à se nourrir correctement ; il n'avalait presque que des légumes, et en hiver, il souffrait tout autant que les oiseaux. Mais il survivait. Et il grandissait. À force de hanter les basses-cours, les décharges et les greniers, il gagna en audace, en vitesse et en force, et les fermiers lançaient souvent leurs chiens à sa poursuite, mais il était plus agile qu'eux et trop malin pour se réfugier dans les arbres. Avait-il fini par comprendre confusément que les hommes étaient sa tribu, de même qu'un ours ne s'associe d'instinct qu'à d'autres ours plutôt qu'à des renards, des loups ou des chèvres ? Savait-il qu'il était humain ? Sans doute. Il ne possédait pas les mots pour l'exprimer, ni les moyens de se projeter au-delà du moment présent, mais à mesure qu'il grandissait, il cessa peu à peu d'être une créature de la forêt pour élire résidence dans les pâturages, les jardins, la frontière trouble où les arbres et le maquis cèdent la place aux terres cultivées.

Puis vint l'hiver de l'an 1799, qui fut particulièrement rigoureux. Ayant fait le tour de la forêt de la Bassine, il s'était mis en quête d'un nouveau pays de cocagne où il pourrait dénicher champignons, raisins et baies sauvages, gratter des morceaux de sève sèche sous l'écorce des arbres morts. Ses pas l'avaient amené par-delà les montagnes, de l'autre côté de la plaine entre

Lacaune et Roquecezière, puis il était redescendu en suivant le ruisseau de la Vergne jusqu'aux abords du village de Saint-Sernin. On était au début du mois de janvier, au lendemain du nouvel an, et tout était figé par le froid. À la tombée de la nuit, il se confectionna un nid avec des branches de pin, mais son sommeil fut perturbé par ses frissons et la faim qui lui tenaillait les entrailles. Dès les premières lueurs du jour il était debout et retournait les mottes de terre éparses d'un champ endormi, dans l'espoir de trouver de quoi se nourrir, des tubercules, des oignons, l'ivraie et les résidus de semailles depuis longtemps récoltées, quand il saisit du coin de l'œil un mouvement vague : de la fumée, au-dessus des arbres, à l'autre bout du champ. Il était à quatre pattes, en train de creuser. La terre était humide. Un corbeau perché dans un arbre lui adressa un croassement narquois. Sans réfléchir, sans savoir ce qu'il faisait ni pourquoi, il se redressa et se dirigea vers la fumée et le petit bâtiment de ferme d'où elle émanait.

À l'intérieur se trouvait le teinturier du village, François Vidal, qui venait de se lever et d'allumer un feu pour chauffer la maison et se préparer un bol de bouillie en guise de petit déjeuner. Veuf, sans enfant, il vivait seul. Aux poutres de la pièce unique qui constituait son logis étaient suspendues à sécher les herbes, fleurs et autres algues des marécages qu'il utilisait dans ses concoctions – c'était le seul artisan de la région capable de produire un *bon teint* de pourpre royal en laine de mouton, grâce à des mélanges et des acides de sa propre invention, dont il gardait bien sûr jalousement le secret. Ses rivaux auraient-ils aimé connaître ses recettes ? Oh que oui. L'espionnaient-ils ? Il ne pouvait en être sûr, mais cela ne l'eût guère étonné. Quoi qu'il en soit, ce matin-là, il traversa la cour et entra dans le cabanon qui faisait office d'étable pour nourrir et traire sa vache – avec un peu de crème de lait, sa bouillie ne serait que plus savoureuse. C'est alors qu'il vit quelque chose – l'ombre furtive d'un animal – qui se déplaçait, dressé, sur la terre brune et l'entrelacs des arbres décharnés à l'arrière-plan.

Il n'avait pas de préjugés. Il n'avait pas entendu les rumeurs de Lacaune ni même du village voisin. Et lorsque l'image se fit plus nette et vint se graver sur sa rétine, il vit que ce n'était pas un animal mais un enfant humain, un garçon, sale, nu, livré aux éléments, et en détresse. Il tendit la main.

Alors commença un duel de patience et de volonté. Comme le garçon ne réagissait pas, Vidal avança les deux mains, paumes vers le haut, pour montrer qu'il n'était pas armé, et s'adressa à lui d'une voix douce, rassurante, mais l'enfant ne semblait pas comprendre ni même entendre. Vidal avait eu jadis une demi-sœur atteinte de surdité, et tandis que le reste du village l'avait rejetée, ne voyant en elle qu'une dégénérée, sa famille avait mis au point son propre système de communication par signes ; et ce langage lui revenait à présent, là dans le froid, face à l'enfant nu. Si ce garçon était sourd-muet, comme cela semblait le cas, alors peut-être réagirait-il aux signes. Les mains du teinturier, tachées par les couleurs de son métier, prirent la parole en dessinant dans l'espace d'élégantes et rapides arabesques. En vain. L'enfant demeurait immobile, comme enraciné dans le sol, son regard ignorant le visage du teinturier pour aller se fixer derrière lui sur le cottage, l'étable, les paquets de fumée tourbillonnant dans le ciel. Enfin, craignant de l'effrayer, Vidal se retira lentement vers la maison, fit un geste d'accueil sur le seuil, puis rentra à l'intérieur en laissant la porte grande ouverte.

Finalement, tandis que le teinturier attisait le foyer et que sa vache – Rousa – attendait toujours la traite et poussait de sourds meuglements où l'on croyait entendre quelque lointaine sirène lançant des avis de mauvais temps sur les collines, le garçon s'avança jusque dans l'encadrement de la porte et Vidal put l'observer de plus près. Mais d'où venait cet enfant, se demanda-t-il, qu'on laissait courir dehors tel un animal, tous les pores de la peau imprégnés de la saleté des bois, les cheveux plantés de brindilles, de mousse d'arbre et de fange de feuilles mortes, les genoux aussi calleux que la plante des pieds ? Qui était-il ? L'avait-on abandonné ? C'est alors qu'il vit la cicatrice sur la gorge de l'enfant, et il comprit. Quand, d'un geste de la main, il l'invita à s'approcher du feu, de la casserole noircie et de la bouillie qui s'y agglomérait, il pensa à sa sœur morte.

Prudemment, un pas à la fois, le garçon se laissa attirer vers le feu. Et tout aussi prudemment, parce qu'il avait peur qu'au moindre mouvement brusque l'enfant ne détale et disparaisse dans les champs, Vidal jeta du petit bois sur les braises jusqu'à ce que les flammes rejaillissent et qu'il soit temps de retirer la casserole pour la poser à refroidir sur une grille. La porte restait ouverte. La vache meuglait. Toujours en parlant avec les mains, le teinturier proposa à l'enfant un bol de bouillie, chaude et parfumée ; dès qu'il aurait gagné sa confiance, se disait-il, il irait chercher du lait et en profiterait pour fermer la porte. Mais le garçon paraissait absolument indifférent à la nourriture. Il ne cessait de bouger, se balançant d'avant en arrière sur ses pieds, les yeux rivés sur le feu. Vidal comprit qu'il n'avait aucune idée de ce qu'était la bouillie, qu'il ne savait pas ce qu'était un bol ou une cuillère ni à quoi ils servaient. Alors il fit les gestes, il mima l'acte de manger, tel un parent avec son enfant, portant la cuillère à ses lèvres et goûtant, mâchant et avalant de manière démonstrative, allant même jusqu'à se frotter l'abdomen en affichant un grand sourire de satisfaction.

Le garçon ne cilla pas. Il était là, à se balancer devant le feu, fasciné, et ils auraient pu demeurer tous deux ainsi pour le restant de la journée si le vieil homme n'avait été soudain traversé par une inspiration. Peut-être y avait-il des aliments plus simples, plus élémentaires, se dit-il, des nourritures de la forêt et des champs, que l'enfant accepterait sans se poser de questions, des noix par exemple. Il regarda autour de lui – pas de noix. Ce n'était pas la saison. Mais il repéra, dans un panier au pied du mur à l'autre bout de la pièce, une poignée de pommes de terre qu'il avait descendues du grenier et prévu de faire frire avec du lard pour son souper. Très lentement, montrant à l'enfant par le langage de son corps et de ses mains qu'il n'avait rien à craindre, il se leva, et lentement – si lentement qu'il ressemblait lui-même à un enfant en train de jouer à la statue – il alla les chercher. Il souleva le couvercle d'osier et, toujours à grand renfort de pantomimes, tendit le panier pour en révéler le contenu.

La réaction fut immédiate. Aussitôt l'enfant accourut, auréolé de ce fumet sauvage comme du musc, plongea les bras dans le panier et en retira toutes les pommes de terre – il y en avait une bonne dizaine – puis se dirigea vers le feu, dans lequel il balança tout son butin d'un seul coup. Son visage était animé, son regard bondissait. Des cris brefs, aigus, informes, s'échappaient de ses lèvres. Quelques secondes plus tard, tout juste le temps que Vidal aille fermer la porte, le garçon tendit la main dans les braises pour en extraire une pomme de terre pas encore cuite, se brûlant les doigts au passage. Et sans plus attendre, comme s'il n'avait pas la moindre notion de ce que faire cuire des aliments signifiait, il se mit à la dévorer. Quand il l'eut engloutie, il en attrapa une deuxième, puis une troisième après cela, et la scène continua ainsi – à ceci près que les pommes de terre, au fur et à mesure, devenaient noires à l'extérieur et dures à l'intérieur, et que les doigts de l'enfant étaient de plus en plus rongés par la morsure du feu.

Peiné par ce spectacle, Vidal voulut lui apprendre à se servir du tisonnier, mais l'enfant l'ignora – pire que cela, il le traversa du regard comme s'il n'existait pas. Le teinturier lui proposa du fromage, du pain, du vin, mais rien de tout cela ne sembla éveiller l'intérêt du garçon, et ce n'est qu'au moment où il eut l'idée de lui verser un peu d'eau de la carafe sur la table que celui-ci réagit. Il essaya d'abord de laper à même le godet, puis il comprit comment il fallait s'y prendre et le porta à ses lèvres, le vida d'un trait et en réclama un autre. Vidal, aussi fasciné que si un renard s'était dressé sur ses deux pattes arrière et invité à sa table pour partager son repas, continua de lui remplir son verre jusqu'à ce qu'il eût étanché sa soif. Après quoi, nu et sale, l'enfant ramena ses genoux sous son menton et sombra dans un profond sommeil sur les pierres du foyer.

Longtemps, le teinturier demeura assis là, à contempler cette apparition, ce phénomène qui avait fait irruption dans son existence. Il se levait de temps en temps pour attiser le feu ou allumer sa pipe, mais à aucun moment, ce jour-là, il ne songea à travailler. Il ne pensait qu'à sa demi-sœur, Marie-Thérèse, cette enfant si chétive au visage si puissamment expressif – elle en disait souvent plus avec ce visage que la plupart des gens avec leur langue. Son père l'avait eue d'un premier lit, avec une femme qui était morte de fièvre puerpérale après avoir mis au monde cet unique enfant affligé d'une tare, et sa mère à lui ne l'avait jamais acceptée. Elle était toujours la dernière nourrie et la première giflée ou talochée quand les choses tournaient au vinaigre, et elle avait pris l'habitude de partir se promener seule, loin des siens, jusqu'au soir où elle ne revint pas. Il avait huit ou neuf ans alors ; elle devait donc en avoir douze à peu près. On retrouva son cadavre au fond d'un ravin. On raconta qu'elle avait dû s'égarer dans le noir et tomber, mais même à l'époque, même enfant, Vidal savait bien ce qu'il en était.

Rousa se mit soudain à mugir et Vidal sursauta. Laisser la pauvre bête ainsi, sur le point d'exploser... Mais où avait-il la tête ? Vite, il se leva, passa son manteau et alla s'occuper d'elle. À son retour, l'enfant était collé au mur, recroquevillé, effrayé ; il le regardait comme s'ils ne s'étaient jamais vus. Toute la maison était sens dessus dessous, la table retournée, les bougies par terre, les herbes qu'il avait mis tant de soin à cueillir et amasser arrachées aux poutres et éparpillées aux quatre coins de la pièce comme de vulgaires détritus. Il essaya de calmer le garçon, en lui parlant avec les mains, mais cela ne servit à rien – chacun de ses gestes en provoquait un autre chez l'enfant, qui restait contre le mur, gardait ses distances et continuait de se balancer sur ses talons, prêt à bondir sur la porte – s'il savait seulement ce qu'était une porte. Et ses mâchoires. Ses mâchoires semblaient en mouvement. Que faisait-il ? Était-il en train de manger ? Une autre pomme de terre ? C'est alors que le teinturier aperçut le bout de chair, la queue de la bestiole qui pendouillait au coin de la bouche de l'enfant comme un filet de bave, et les dents jaunes qui mastiquaient une boule de fourrure brune.

S'il avait eu un élan de compassion, s'il avait éprouvé de la pitié, et même une sorte de fraternité, à présent le teinturier ne ressentait plus que du dégoût. C'était un vieil homme, cinquante-quatre années passées en ce bas monde, et Marie-Thérèse était morte depuis près d'un demi-siècle. Il n'avait rien à voir avec toute cette histoire. Rien du tout. À pas feutrés et prudents, tous les sens en alerte comme s'il s'était trouvé enfermé dans une cage avec une bête enragée, il recula jusqu'à la porte, se glissa dehors et ferma d'un coup sec derrière lui.

★

Plus tard cet après-midi-là, alors que la pluie glacée battait les ruelles de Saint-Sernin et trempait la campagne alentour, l'enfant sauvage fut livré à la science, et de là, à la célébrité. Vidal avait pris dans la cour l'un de ses gros bidons à teinture en fer forgé et l'avait fait rouler jusque devant la porte pour la bloquer, puis il était allé trouver Jean-Jacques Constans-Saint-Estève, commissaire du gouvernement à Saint-Sernin, pour faire un signalement de la créature enfermée chez lui et se dégager de toute responsabilité. Le commissaire, qui voyageait beaucoup dans la région, avait entendu les bruits de Lacaune et d'ailleurs, et il avait hâte de voir la chose de ses propres yeux. Voici l'occasion, se disait-il – si du moins la créature en question n'était pas une simple chimère ou quelque singe d'Afrique échappé d'une ménagerie privée –, de mettre à l'épreuve le concept du Bon Sauvage avancé par Rousseau. Quelles notions innées possédait-il ? Que connaissait-il de Dieu et de la Création ? Quelle langue parlait-il – celle antédiluvienne d'où naquirent toutes les langues du monde, celle que les hommes ramenèrent avec eux du paradis ? Ou ne savait-il que babiller comme les oiseaux et les bêtes ? Il ne se tenait plus d'impatience. Le jour déclinait et il n'avait pas dîné, mais que lui importait de dîner quand une telle occasion se présentait à lui ? Il prit Vidal par le bras. « Conduisez-moi à lui », dit-il.

Quand, sitôt terminé leur entretien, les deux hommes sortirent sous la pluie pour aller examiner le prodige, le commissaire fut surpris de voir des gens affluer dans la rue et lui emboîter le pas. « Est-ce bien vrai, citoyen commissaire ? lui demandait-on. Ils ont attrapé l'enfant sauvage ? »

« Il paraît, dit un autre – ils étaient toute une foule à présent, hommes, femmes, enfants, fendant l'averse pour rejoindre la maison de Vidal –, qu'il a six doigts à chaque main... »

« Et six orteils, renchérit un troisième. Et des griffes comme un chat pour grimper aux murs. »

« Il peut sauter à cinquante mètres d'un seul bond. »

« Du sang, il se nourrit du sang des moutons qu'il dévore à minuit. »

« Sornettes, sornettes que tout cela, dit l'une des femmes du village, Catherine

Thibodeaux, qui venait d'apparaître à la hauteur de Constans-Saint-Estève, la tête sous une capuche pour se protéger de l'orage. Ce n'est qu'un enfant abandonné. Où est le curé ? Faites appeler le curé. »

Quand ils arrivèrent dans la cour de Vidal, le commissaire se retourna et leur lança à tous un murmure furieux : « Reculez, vous allez lui faire peur. » Mais la foule, gagnée par une frénésie d'effroi et d'émerveillement, continuait d'avancer tel un troupeau se hâtant vers les pâturages. Tout le monde se pressa autour de la porte, les visages s'écrasèrent contre les vitres, et si le bidon à teinture ne les en avait empêchés, ils se seraient précipités dans la maison sans plus réfléchir. Maintenant, pourtant, ils hésitaient, et les voix se firent chuchotements tandis que Vidal et le commissaire déplaçaient le bidon, entraient, puis fermaient la porte derrière eux. L'enfant était là, accroupi devant le feu, tel que Vidal l'avait laissé, quoiqu'il ne semblât plus rien mâcher à présent. Dieu merci. L'étrange, toutefois, fut qu'il ne leva pas les yeux, bien qu'il eût sans nul doute remarqué la présence des deux hommes dans la pièce, et même les visages avides derrière les fenêtres.

Le commissaire était stupéfait. Cet enfant – cette chose – était blessé, bossu, sale, il puait la porcherie, il était aussi sauvage et égaré que la première créature dressée debout que Dieu avait créée à Son image, cet homme, Adam, à qui avait été donné de régner sur les animaux et de les nommer à son tour. Sauf que ce n'était pas un homme, mais un animal, précisément, une espèce de singe, le genre de bête abâtardie à quoi devait songer Linné quand il avait rangé hommes et primates dans la même famille. Et si le moindre doute subsistait, il était vite levé par la présence de l'étron rond et luisant fraîchement déposé sur le plancher de bois brut.

Le feu crépitait. Un murmure parcourut la foule amassée aux fenêtres. « Dieu tout-puissant », s'exclama Constans-Saint-Estève, le souffle coupé. Puis il se tourna vers le teinturier et lui adressa la seule question qui lui vint à l'esprit : « Cette chose est-elle dangereuse ? »

Vidal, embarrassé de montrer au commissaire un logis dans un tel désordre, haussa les épaules. « Ce n'est qu'un enfant, citoyen commissaire, un pauvre enfant abandonné, un être de chair et de sang tout comme vous et moi. Mais il n'a pas d'éducation. Il ne sait pas ce qu'est la bouillie, ou un bol, un verre, une cuillère, il ne sait pas s'en servir… »

Constans-Saint-Estève avait la quarantaine et s'habillait à la mode de Paris avant la Révolution. Il avait un visage charnu et des lèvres pulpeuses, féminines. Le dos collé à la porte, les yeux rivés sur l'enfant, il chuchota : « Est-ce qu'il parle ?

— Rien que des cris et des geignements. Il est peut-être… Je crois qu'il est sourd-muet. »

Recouvrant ses esprits, le commissaire traversa la pièce et resta un moment devant l'enfant, en murmurant d'une voix douce et prudente. Sa curiosité scientifique avait repris le dessus – quelle aubaine ! Oui, un prodige en vérité. « Bonjour, dit-il enfin en pliant les genoux pour mettre son visage blanc dans le champ de vision du garçon, je suis Jean-Jacques Constans-Saint-Estève, commissaire de Saint-Sernin. Et toi, qui es-tu donc ? Comment t'appelles-tu ? »

L'enfant le traversa du regard comme s'il n'était même pas là.

« As-tu un nom ? »

Rien.

« Me comprends-tu ? Comprends-tu le français ? Ou une autre langue ? » À en juger par la complexion de sa peau, l'enfant était peut-être d'origine basque, espagnole ou italienne. Le commissaire essaya de le saluer dans ces diverses langues, puis, en désespoir de cause, il frappa dans ses mains aussi fort qu'il le put, sous le nez de l'enfant. Qui n'eut pas la moindre réaction. Le commissaire lança un regard à Vidal et aux visages perchés à la fenêtre la plus proche comme des bourgeons sur une branche, et il déclara : « Sourd-muet. »

Alors, les villageois ne se continrent plus et envahirent la pièce, un par un, jusqu'à ce qu'il ne puisse plus entrer personne ; ils piétinaient les feuilles et les racines séchées éparpillées au sol, ils examinaient tout – ils essayaient, se dit Vidal, de percer le secret de ses recettes, ce qui éveilla en lui une grande gêne, du soupçon et de la colère – et c'est alors que l'enfant, s'animant tout à coup, fonça vers la porte laissée ouverte. Dans l'exclamation générale, les gens reculèrent d'un bond comme si un chien enragé était parmi eux ; en moins de temps qu'il n'en faut pour le dire, l'enfant était dans la cour, sous la pluie, et galopait à quatre pattes vers le rideau des arbres à la lisière du champ. Et il aurait réussi, il se serait échappé une fois de plus dans la nature, si deux des hommes les plus robustes du village, qui n'avaient pas trente ans et couraient à toute vitesse, ne l'avaient plaqué au sol et ramené de force à l'intérieur de la maison du teinturier. L'enfant se tordait dans tous les sens en émettant du fond de la gorge un râle répétitif – *hrr-hrr-hrr-hrr* – et en donnant de grands coups de tête circulaires pour mordre.

Il faisait nuit noire à présent ; seule la lumière du feu et celle d'une bougie dans l'embrasure de la porte illuminaient la scène. Le commissaire, debout sur le seuil, contempla l'enfant pendant un long moment, puis il se mit à lui caresser le visage en repoussant de côté les cheveux qui lui barraient le front et les yeux, afin que chacun vît que c'était un enfant humain et non point un chien ni un singe ni un démon, et ses caresses eurent le même effet que sur n'importe quelle créature douée de sensibilité : la respiration de l'enfant s'apaisa, et ses yeux se perdirent dans le vague. « Très bien, dit le commissaire, relâchez-le. » Les hommes desserrèrent leur prise et firent un pas en arrière. Pendant un instant, l'enfant demeura là, avachi sur le seuil, luisant d'eau de pluie et de boue, les bras et les jambes aussi étiques que les tibias d'une vache, puis il saisit la main que lui tendait le commissaire et, tranquillement, il se leva.

★

C'était comme si l'on avait soudain actionné un mécanisme secret chez l'enfant ; il avançait docilement en tenant la main du commissaire, tel un novice sur le chemin de l'église, suivi par tout le village en procession solennelle. Et tout en marchant, tandis que la pluie continuait de tomber à verse, transformant les rues en un véritable bourbier, les gens essayaient de s'approcher pour toucher l'enfant, déclarant à la cantonade qu'il ne se nourrissait que de noix et de racines dans les bois – et qu'allait-il manger maintenant, de la blanquette de veau, peut-être ? du bœuf bourguignon ? de la langouste ? Le commissaire ne daigna pas répondre, mais il était déterminé à mener sa petite expérience. D'abord, il habillerait l'enfant nu, puis il lui présenterait toute sorte de nourritures, il observerait ce que le sauvage prendrait, et il tirerait ainsi de ce prodige des enseignements qui seraient bénéfiques à la société comme à la compréhension de l'espèce humaine.

Arrivé chez lui, il ferma la porte au nez des villageois et chargea sa servante de trouver de quoi vêtir l'enfant, puis, après avoir commandé son propre dîner, il l'installa dans la pièce qui lui servait d'étude. Il fit un feu de cheminée, et le garçon se dirigea droit vers l'âtre. Il y avait dans ce cabinet plusieurs chaises, un bureau, des étagères remplies d'ouvrages de loi, d'histoire naturelle et de philosophie, des papiers personnels, une mappemonde et une cage à oiseaux en fer forgé. Dans celle-ci se trouvait un perroquet gris que feu le père du commissaire avait rapporté d'un voyage en Gambie trente ans plus tôt; c'était une femelle, qui répondait au nom de Philomène et savait réclamer d'un ton imposant du raisin, des cerises ou des noix, émettre des remarques choisies sur le temps qu'il fait ou sur l'état d'ébriété des convives lors d'un dîner, et siffler la cadence d'ouverture de la sonate pour piano en *la* mineur de Mozart. Tout excité à l'idée de pouvoir examiner le garçon à son aise, le commissaire ne sortit de la pièce que le temps de rassurer sa femme et d'ordonner à ses gens qu'on lui apporte des victuailles ; à son retour, il découvrit l'enfant le visage collé aux barreaux de la cage, tandis que Philomène essayait – en vain – de l'amadouer par quelques notes de Mozart.

Avec douceur, il prit l'enfant par la main et l'amena jusqu'au bureau, sur lequel avaient été servis des aliments divers, crus et cuits. Il y avait de la viande, du pain au seigle et aux céréales, des pommes, des poires, des noix, des noisettes, des glands, des pommes de terre, des panais, et une orange. L'enfant, parmi tout cela, ne sembla reconnaître que les glands et les pommes de terre ; il jeta aussitôt celles-ci dans le feu et fit craquer ceux-là entre ses dents pour en aspirer la pulpe. Il dévora les patates presque instantanément, quoiqu'elles fussent aussi chaudes que les braises elles-mêmes. Quant au pain, ce n'était rien pour lui. Derechef, et pendant plusieurs heures de patience, le commissaire essaya de parler à l'enfant, d'abord à voix haute, puis par signes, mais rien ne captait son attention ; il ne semblait pas plus doué de conscience qu'un chien ou un chat. Et aucun bruit, pas même celui d'un tambourin, ne paraissait l'affecter. Pour finir, après avoir vérifié que les fenêtres et les portes étaient bien fermées, le commissaire se résigna à laisser l'enfant seul dans la pièce, souffla les bougies et partit se coucher. En arrivant dans sa chambre, il trouva son épouse furieuse – avait-il donc perdu la tête ? ramener chez eux cette créature sauvage ? et si elle se levait pendant la nuit pour les assassiner ? – et ses deux fils, Guillaume et Gérard, quatre et six ans, terrorisés à l'idée de dormir dans leur propre lit et bien décidés à partager le sien.

Le lendemain matin, il regagna son étude à

pas de loup, quoique cela fût sans doute inutile, se répétait-il, dans la mesure où l'enfant était presque certainement sourd. Il leva le verrou et jeta un œil dans la pièce, sans savoir à quoi s'attendre. La première chose qu'il aperçut fut le vêtement de l'enfant, un chiffon gris qu'on lui avait passé de force la veille ; à présent il était en boule sur le tapis au centre de la pièce, à côté d'un serpentin d'excréments. Puis il y avait l'enfant lui-même, debout dans un coin, qui regardait le mur, se balançait d'avant en arrière et gémissait comme s'il était blessé. Le commissaire remarqua ensuite plusieurs volumes renversés – son édition de l'*Histoire naturelle, générale et particulière* de Buffon, pages arrachées et dispersées aux quatre vents. Et enfin, il vit Philomène. Ou ce qu'il en restait.

L'après-midi même, l'enfant sauvage fut envoyé à l'orphelinat de Saint-Affrique.

4

Les cahots et les soubresauts du fiacre dans lequel il fut emmené à Saint-Affrique le mirent au supplice. À quatre reprises, durant le trajet, il vomit, et le domestique que Constans-Saint-Estève avait chargé de l'accompagner, à part éponger le sol de l'attelage avec un chiffon, ne fit pas grand-chose pour améliorer son sort. On avait remis à l'enfant sa blouse grise, bien serrée à la taille pour qu'il ne puisse l'ôter, il était pieds nus, et pour toute nourriture, on lui avait donné un petit sac de pommes de terre et de navets. Il semblait terrorisé par les chevaux. Du début à la fin du voyage il se balança sur son siège en gémissant. Arrivé à l'orphelinat, il tenta de s'échapper dans les bois en bondissant à quatre pattes et en couinant comme un rat, mais son gardien le prit de vitesse.

À l'intérieur, il apparut très vite que ce n'était pas un pensionnaire comme les autres. Le directeur de l'établissement, le citoyen R. Nougairoles, remarqua que s'asseoir à table ou se soulager dans un pot ou même aux latrines lui étaient des notions totalement inconnues, qu'il déchirait ses vêtements comme si le seul contact du tissu lui brûlait la peau, et qu'il refusait de dormir dans le lit qu'on lui avait attribué, préférant se rouler en boule dans un coin, au milieu des ordures. Quand il se sentait menacé, il montrait les dents. Les autres enfants, curieux au début, apprirent bientôt à garder leurs distances. Néanmoins, au cours de son bref séjour à l'orphelinat – deux semaines à peine –, il parvint dans une certaine mesure à s'adapter à ce nouvel environnement : il semblait apprécier les bienfaits d'un bon feu de cheminée les jours de grand froid, et il apprit à diversifier son alimentation, ingurgitant sans difficulté de la soupe de pois trempée de morceaux de pain noir. Jamais cependant il ne manifesta le moindre signe d'intérêt pour ses camarades d'infortune – ni pour aucun autre de ses semblables, d'ailleurs, hormis ceux qui avaient quelque chose à manger. À en juger par son absence de réactions, les gens lui étaient aussi indifférents que des arbres – sauf quand ils s'approchaient un peu trop, bien sûr – et il n'avait aucune idée non plus de ce qu'était le travail ou le loisir. Quand il n'était pas en train de manger ou de dormir, il demeurait là, accroupi, genoux ramassés sous le menton, à se balancer en psalmodiant des sons incompréhensibles et singuliers, mais à tout moment il guettait l'occasion de s'échapper, et par deux fois il fallut lui donner la chasse et l'arrêter de force. Enfin – et c'est là ce qui, aux yeux de Nougairoles, était le plus troublant – il semblait absolument ignorant des formes et des objets de la dévotion religieuse. Le directeur en conclut qu'il n'avait pas affaire à un imposteur, mais à un véritable sauvage – l'incarnation vivante de l'*Homo ferus* décrit par Linné – et que l'orphelinat n'était guère en mesure de le garder.

Chacun de son côté, Nougairoles et Constans-Saint-Estève mirent par écrit leurs observations et les envoyèrent au *Journal des débats*, et l'affaire fut ainsi portée à l'attention d'autres périodiques parisiens. Bientôt, la nation tout entière était dévorée de curiosité pour le prodige de l'Aveyron, l'enfant sauvage, l'animal à forme humaine. Des ruelles de la capitale jusqu'au fond des vallées les plus reculées, les spéculations allaient bon train. Était-ce le Bon Sauvage de Rousseau, ou un simple aborigène ? Et si c'était – palpitante perspective – le légendaire loup-garou ? Ou peut-être encore était-ce un lointain cousin de l'orang-outan, ce grand singe orange de l'Extrême-Orient que d'aucuns voulaient accoupler avec des prostituées afin de voir à quoi ressemblerait leur progéniture. Deux naturalistes de renom et grands rivaux, l'abbé Roch Ambroise Sicard, de l'Institution des sourds-muets à Paris, et l'abbé Pierre Joseph Bonnaterre, professeur d'histoire naturelle à l'Ecole centrale de l'Aveyron à Rodez, se portèrent candidats pour accueillir l'enfant afin de l'étudier et d'observer son comportement avant que le contact de la société ne le dénature davantage. Bonnaterre, géographiquement plus proche, remporta le duel, du moins pour l'heure, et il vint en personne chercher l'enfant à Saint-Affrique pour le transférer dans son école à Rodez. Pour le garçon, qui ne comprenait rien de ce qui se passait et ne désirait que recouvrer sa liberté, cela voulait dire à nouveau un trajet en fiacre, à nouveau les chevaux, à nouveau un visage inconnu. Il vomit tout du long, agrippé à son sac de patates et de navets qu'il ne quitta pas des yeux.

Au cours des mois qui suivirent, du moins jusqu'au jour où le ministre de l'Intérieur décida d'intervenir en faveur de Sicard, Bonnaterre eut l'enfant pour lui tout seul. Il confia à un serviteur la charge de s'occuper de tous les besoins corporels du garçon, puis mit en place plusieurs protocoles expérimentaux destinés à tester ses réactions et à évaluer ses connaissances. Comme on le croyait sourd, on n'avait jamais communiqué avec lui que par signes, mais Bonnaterre disposa plusieurs instruments devant lui, du triangle au tambour en passant par la viole de gambe, et en joua l'un après l'autre, du mieux qu'il pouvait, en présence de l'enfant. Derrière les fenêtres, il faisait une magnifique lumière d'hiver. Le serviteur de Bonnaterre – son jardinier, dont le garçon paraissait, même un tant soit peu, reconnaître l'existence, peut-être en raison des odeurs de terre qui émanaient de lui – était posté sur le seuil, prêt à faire échouer toute tentative d'évasion et à sévir en cas de geste malvenu (ce dont l'enfant ne se privait pas : au mépris de la plus élémentaire décence, il remontait sa blouse jusqu'à la ceinture pour se réchauffer devant le feu, par exemple, et jouait avec son pénis comme si c'était un petit soldat de plomb).

Bonnaterre – homme sévère et imposant, dont le visage sous les boucles blanches et candides de sa perruque évoquait un gros jambon – ne ménagea pas ses efforts : il tambourina, il fit grincer son archet, il frappa dans ses mains et il chanta à tue-tête, tant et si bien que le jardinier crut que son maître avait perdu la raison. L'enfant, lui, n'eut pas la plus petite réaction : aucun son, même le plus tonitruant, ne lui arracha une grimace, un sourire, ou même un simple hochement de tête. Cependant le jardinier, qui se tournait les pouces, tendit la main vers un bol de noix posé sur une petite commode au fond de la pièce, hors du champ de vision du garçon, et en ouvrit une avec un casse-noix ; le bruit, au milieu du tintamarre que faisait Bonnaterre, fut presque imperceptible, et pourtant, comme par enchantement, l'enfant tourna brusquement la tête. Une seconde plus tard, il avait rejoint le jardinier et lui volait ses noix ; l'instant d'après, il grimpait sur la commode et les écrasait contre le bois verni avec le premier objet qui lui tombait sous la main, un chandelier en argent.

Ce fut un désastre pour le mobilier mais un signe d'encouragement pour Bonnaterre. L'enfant n'était pas sourd, pas le moins du monde, mais tous ses sens s'étaient mis au diapason des bruits de la nature, si bien que ceux des hommes, aussi clairs et stridents fussent-ils, ne l'atteignaient pas – la voix humaine n'existait pas dans la nature sauvage, pas plus que la viole de gambe. Parcourant les bois dans sa quête éternelle de nourriture, il n'avait d'oreille que pour la chute d'une pomme ou d'une châtaigne sur le sol, pour le cri des écureuils, ou peut-être même, par quelque miracle, pour les infimes vibrations que produit l'escargot en traçant son lent et visqueux chemin. Mais si la nourriture avait été jusqu'ici l'unique préoccupation de l'enfant sauvage, comment allait-il réagir, à présent qu'il en avait en abondance et à volonté ? Allait-il commencer à mener une vie intérieure – une vie subjective – et non plus exclusivement tournée vers les objets du monde extérieur ?

Bonnaterre ruminait ces questions en observant le garçon jour après jour, en le regardant peu à peu acquérir la maîtrise des signes rudimentaires lui permettant d'exprimer ses désirs – il savait maintenant, par exemple, pointer du doigt la carafe d'eau quand il avait soif, ou prendre son tuteur par la main et l'emmener dans la cuisine quand il avait faim, pour lui désigner tel ou tel objet convoité. S'il n'obtenait pas immédiatement satisfaction, il se jetait par terre et gesticulait des mains, des pieds et du postérieur sur les lattes du plancher en poussant une espèce de hululement rauque et saccadé.

Quand il obtenait ce qu'il voulait – des pommes de terre, des noix, des fèves, qu'il écossait avec une rapidité et une agilité confondantes –, il mangeait jusqu'à s'en faire exploser la panse, ingérant plus de nourriture que n'en pouvaient avaler en un repas cinq autres orphelins réunis, puis il rassemblait les rogatons de son festin dans un pli de sa blouse et s'enfuyait dans la cour, où il les enterrait pour plus tard, tel un chien son os. Et lorsqu'il mangeait avec les autres, il ne faisait preuve d'aucune courtoisie ni d'aucun sens de l'équité, accaparant toute la nourriture d'un geste tantôt brutal, tantôt furtif, sans la moindre considération pour ses congénères. La troisième semaine, il commença à accepter de manger de la viande, d'abord crue, puis cuite, et il finit par se régaler des pommes de terre rissolées à l'huile – parfois, pris d'une envie soudaine, il allait dans la cuisine, s'emparait d'un couteau et d'une poêle, et montrait du doigt le buffet où étaient conservées les pommes de terre et l'huile. Son existence était fruste, centrée sur une unique préoccupation – manger –, et Bonnaterre voyait en lui les signes de l'humanité originelle, vierge encore de toute civilisation, de toute culture, de toute conscience et de toute émotion. « Comment pourrait-il rien savoir de l'existence de Dieu ? écrivit l'abbé.

On peut bien lui montrer les cieux, les champs verdoyants, l'immensité de la terre, enfin l'œuvre de la Nature – il ne voit rien dans tout cela, s'il ne voit rien à manger. »

Le garçon, pour sa part, commença très progressivement à trouver ses marques. Il subsistait non plus en creusant dans la terre ou grâce à la rencontre fortuite avec un charognard ou telle bête sauvage plus lente que lui, mais par l'entremise de ces autres animaux, ceux qui l'avaient capturé, ces créatures bizarres dotées d'un gros museau, d'un étrange pelage pâle et, recouvrant leurs pattes, d'une deuxième peau, lisse et dépourvue de poils. Un jour qu'il était en compagnie de son tuteur, celui auquel tous les autres semblaient faire allégeance, sur une impulsion soudaine il attrapa sa perruque, cette espèce de pelisse blanche et brillante au sommet de son crâne, qui à sa grande surprise s'en détacha et lui resta dans les mains. L'homme – le visage cramoisi, les veines saillant comme des vermisseaux sous la peau du cou – jaillit de son fauteuil en poussant un cri et voulut reprendre le morceau de fourrure, mais l'enfant lui échappa, se mit à courir dans tous les sens en piaillant, agrippé à son butin, ce scalp aux relents de musc et d'où poudroyait la substance blanche dont il tirait sa couleur. L'homme le pourchassa en vociférant, et l'enfant, terrifié, s'enfuit à toutes jambes vers une sorte de paroi de pierre transparente derrière laquelle on apercevait la cour et la lumière du jour. C'était du verre, mais il n'avait aucune idée de ce que c'était, cette matière essentielle à la texture des murs dont il était prisonnier. L'homme hurlait. L'enfant courait. Et la paroi de verre se brisa, enfonçant ses crocs dans la chair de son avant-bras.

Ils pansèrent sa blessure avec un morceau de tissu, mais de ses crocs à lui il eut tôt fait de l'arracher. Le sang, il savait ce que c'était, la douleur aussi, et il savait éviter les ronces, les nids de guêpes, le biseau tranchant des pierres des falaises qui roulaient sous les pieds et tailladaient les chevilles avec une impitoyable férocité, mais cette fois-ci, c'était différent, inédit : du verre. Une blessure de verre. Intrigué, il en ramassa un éclat à un moment où personne ne le regardait et le passa sur son doigt jusqu'à ce que la douleur revienne et que le sang perle, et il appuya, pressa contre la fente ouverte dans sa peau pour en voir la pulpe rouge vif, cuisante. Ce soir-là, juste avant le souper, il tira par la main l'autre homme, celui qui sentait le purin et la moisissure, jusqu'à ce que ce dernier consente à l'emmener dehors, dans la cour ; la porte à peine entrebâillée, il s'enfuit à toute vitesse vers le muret d'enceinte, l'escalada en deux bonds et, une fois redescendu de l'autre côté, se mit à courir, courir désespérément.

Une fois de plus ils le rattrapèrent, à l'orée des bois ; il se débattit, à coups de pied, à coups de dents, mais ils étaient plus grands, plus forts, et ils le ramenèrent, comme toujours et comme à jamais, car pour lui dorénavant, il n'y avait plus de liberté. Il était désormais une créature emmurée, cloîtrée, esclave de la nourriture qu'ils lui concédaient. Mais ce soir-là ils ne lui donnèrent rien, ni à manger ni à boire ; ils l'enfermèrent dans la pièce où il dormait la nuit, mais il n'avait pas sommeil, il avait faim. Il se mit à ronger le bois de la porte, à s'en faire saigner les lèvres, les gencives tétanisées de douleur. Ce n'était plus une créature sauvage.

★

On l'emmena à Paris, le ministre de l'Intérieur ayant fini par intervenir en faveur de Sicard et ordonné qu'on amenât l'enfant dans la Ville lumière ; il traversa la campagne inconnue en compagnie de Bonnaterre et du jardinier qui s'était occupé de lui durant son séjour à Rodez. Au début, il refusa de monter dans le fiacre – dès qu'il eut franchi le portail de l'orphelinat et aperçu l'attelage, les trois chevaux de trait, massifs et puants, leurs pattes formidables et leurs yeux exorbités, il tenta de s'échapper, mais Bonnaterre avait devancé sa réaction et placé sur les sièges un véritable festin de pommes de terre, de navets et de petites miches de pain dur, et l'enfant, incapable de résister, grimpa se calfeutrer à l'intérieur. Par mesure de précaution, Bonnaterre avait demandé à son jardinier d'attacher à la ceinture de l'enfant un morceau de corde, dont il garda mollement l'autre extrémité dans sa main tout le long du voyage, y compris durant les escales où montaient et descendaient d'autres voyageurs. Était-ce une laisse, comme on en passait au cou des chiens ? C'était là une question intéressante, lourde d'enjeux philosophiques et humanistes – assurément, ni Bonnaterre ni le jardinier n'eussent appelé cela une laisse –, et tandis que l'enfant, une fois encore, se balançait sur son siège et vomissait, l'abbé ne tenait la cordelette que du bout des doigts. Le fiacre grinçait sur ses essieux, le jardinier se faisait oublier dans son coin, Bonnaterre regardait droit devant lui. Et quand, lors d'une halte dans une petite ville marchande, une dame imposante et livide monta à bord, escortée de sa femme de chambre, il se mit en quatre pour les rassurer, leur jurant que l'enfant ne constituait en aucun cas une menace et que ce dispositif servait avant tout à le protéger lui-même.

Malgré tout, lorsqu'ils s'arrêtèrent à la tombée du jour dans une auberge, l'enfant (qui n'en était plus vraiment un, du reste, tant il avait gagné en taille et en corpulence) parvint à provoquer un esclandre. Alors que le cocher ouvrait la portière pour la dame, il arracha la cordelette des mains de l'abbé ; en un éclair, il sauta du fiacre en s'agrippant aux jupons de la passagère pour amortir sa chute, et détala sur la route de son pas étrangement chaloupé, tout de travers, traînant sa laisse derrière lui. La pauvre femme, se croyant agressée, poussa un hurlement qui effraya les chevaux, lesquels se mirent à ruer, et le cocher dut batailler pour les contenir tandis que Bonnaterre et le jardinier se lançaient à la poursuite du garçon. L'abbé, on l'imagine, n'était guère entraîné à courir sur les routes de campagne terreuses et crevées de nids-de-poule, et il n'avait pas fait dix mètres qu'il dut s'arrêter, plié en deux, le souffle court.

Cette fois pourtant, et au grand soulagement de tous, l'enfant n'avait apparemment aucune intention de s'enfuir ; il s'arrêta de son propre chef une centaine de mètres plus loin, près d'une mare d'eau croupie en bordure du chemin, et avant que quiconque pût l'en empêcher, il se jeta à plat ventre et se mit à en laper la surface décolorée par la mousse, les filaments de sphaigne et les restes d'animaux écrasés sur la route. Les moustiques se précipitèrent sur lui. Son vêtement se couvrit de boue. Bonnaterre et le jardinier, l'ayant rejoint, penchés au-dessus de lui, le morigénèrent, mais il ne leur prêta nulle attention : il avait soif ; il buvait. Et quand il eut fini de boire, il se leva et déféqua (c'était là un autre trait curieux chez lui : il déféquait debout et urinait accroupi), souillant le bas de sa blouse sans le moindre embarras. Puis, comme si cela ne suffisait pas, il attrapa quelque chose dans les roseaux et l'enfourna dans sa bouche avant qu'ils aient pu faire le moindre geste – une grenouille, réduite à l'état de bouillie le temps que le jardinier parvienne à l'extraire de ses mâchoires.

Après quoi, il se laissa docilement conduire à l'auberge, et s'installa dans un coin de la chambre qu'on lui avait assignée, salivant et claquant de la langue devant son sac de légumes, apparemment satisfait et ne demandant qu'à rester seul. Mais très vite les villageois eurent vent de son arrivée et déferlèrent sur l'auberge où ils restèrent toute la soirée, jouant des coudes pour l'apercevoir – on braillait devant la porte, on se bousculait dans les couloirs, les chiens jappaient, tout le quartier était en émoi. Il se recroquevilla dans son coin, tourné vers le mur, mais le brouhaha persista bien après que la nuit fut tombée. Et, bien sûr, plus le petit équipage se rapprochait de la capitale, où les gazettes exerçaient une influence toujours plus forte, plus la foule des curieux grandissait en nombre et en avidité. Malgré lui, et malgré les ordres formels du ministre de l'Intérieur, qui voulait que l'enfant arrive à Paris sans délais ni dommages, Bonnaterre ne pouvait s'empêcher, chemin faisant, d'offrir aux badauds ne serait-ce qu'un coup d'œil au prodige. Et non, il n'avait rien à voir avec l'un de ces bateleurs, avaleurs de sabres et autres saltimbanques de foire – c'était un homme de science, qui présentait au public son sujet d'étude, voilà tout. À en être le maître et détenteur, éprouvait-il de la fierté, une impression de prestige et d'autorité ? Soit. Et après ?

Ce fut peut-être à cause de la proximité de tous ces gens, de la lourdeur des nuits, ou encore des miasmes qui rôdaient au-dessus des mares saumâtres où il aimait s'abreuver – toujours est-il que l'enfant attrapa la variole en cours de route. Il resta dix jours en quarantaine dans une chambre au fond d'une auberge, où il se constella de pustules et se consuma tantôt de fièvre, tantôt de frissons.

On lui apporta des couvertures, on fit venir le médecin du village, on parla de purge et de saignées, et Bonnaterre était dans tous ses états – il jouait sa tête sur cette affaire. Littéralement, peut-être. Le ministre de l'Intérieur, Lucien Bonaparte, frère de Napoléon, était homme de rigueur ; ne lui amener, en fait d'enfant sauvage, qu'un pauvre cadavre, c'eût été comme lui rapporter la peau de quelque rare bête sauvage chassée dans la jungle africaine, dépouillée de toutes ses qualités anatomiques et de ses couleurs chatoyantes. Alors, l'abbé s'agenouillait devant l'enfant roulé en boule, tremblant et transpirant, et il priait.

Dans son demi-sommeil, l'enfant voyait les murs s'effacer, le toit se disjoindre et lui dévoiler les étoiles et la lune, et voilà qu'il gambadait dans un pré, entre les arbres caressés et ployés par le mistral telles d'immenses feuilles d'herbe, et il riait à gorge déployée, et il courait, il courait. Il revit le temps passé, il revit les lieux où il s'était gavé de baies sauvages, il revit les vignes, les raisins, le grenier où le fermier entreposait ses patates fraîchement tirées de la terre. Et puis les enfants, les garçons des villages, les gamins, ces créatures aux jambes si rapides, qui le dénichaient dans la forêt et le pourchassaient, qui l'accablaient de coups de bâton et de jets de pierre, qui le poignardaient de leurs cris, et puis les hommes, le feu, la fumée. Et cette chambre enfin, où soudain les murs se dressaient à nouveau et le toit se réagrégeait pour escamoter le ciel. Il avait faim. Soif. Il se redressa et repoussa les couvertures.

Trois jours plus tard, il était à Paris – sans en avoir conscience le moins du monde. Il n'avait conscience que de ce qu'il voyait, entendait, sentait. Il vit le capharnaüm, il entendit le chaos, et ce qu'il sentit était plus pestilentiel que tout ce qu'il avait jamais pu humer au cours de ses années passées à arpenter les champs et les forêts de l'Aveyron. Un fumet dense, capiteux. La puanteur de la civilisation.

5

L'Institution des sourds-muets occupait plusieurs hectares à quelques pas du boulevard Saint-Michel, face au jardin du Luxembourg. C'était un ancien séminaire catholique, que le gouvernement révolutionnaire avait octroyé à l'abbé Sicard pour qu'il y installe son école. S'inspirant de la méthode fondée sur le langage des signes inventée par son prédécesseur, l'abbé de l'Epée, Sicard avait obtenu d'impressionnants résultats avec plusieurs de ses élèves, ce qui lui avait valu une certaine gloire : sous sa férule, des cas désespérés étaient devenus de bons et loyaux citoyens, capables non seulement d'exprimer leurs besoins et leurs désirs avec une parfaite clarté, mais aussi de disserter sur les grandes questions philosophiques. L'un de ces élèves, un robuste jeune homme dénommé Massieu, constituait l'apothéose des séances publiques qu'organisait Sicard pour démontrer les facultés orales et écrites de ses pupilles, au cours desquelles ils devaient répondre à des questions écrites sur un bout de papier par les spectateurs, et Massieu discourait devant les plus savantes sociétés avec assurance et dignité, d'une voix guère plus accentuée que celle d'un étranger ayant appris le français. Plus étonnant encore, le jeune homme, arrivé à l'Institution sourd comme un pot, dînait maintenant dans le beau monde et régalait les convives de ses bons mots – il avait frappé les esprits en définissant un jour la gratitude comme *la mémoire du cœur* et en expliquant la différence entre espoir et désir dans les termes suivants : « Le désir est un arbre qui bourgeonne, l'espoir est un arbre qui fleurit, et le plaisir est un arbre qui a porté ses fruits. » Alors, quand Bonnaterre amena l'enfant sauvage à Sicard, c'est tout Paris qui retint son souffle, dans l'attente du miracle qui ne manquerait pas d'advenir à mesure que le garçon acquerrait la faculté du langage et recevrait les bienfaits de la civilisation ; on espérait que lui aussi, un jour, ferait devant un parterre abasourdi le récit des pensées et des émotions qui l'avaient traversé à l'époque où il vivait comme un animal.

Hélas, les choses ne se passèrent pas ainsi.

Une fois l'effervescence retombée et les foules dispersées, une fois que la moitié de la haute société parisienne eut grimpé jusqu'au cinquième étage de l'Institution pour le regarder se balancer dans un coin de sa chambre, qu'on l'eut amené dans les appartements du ministre de l'Intérieur pour une audience privée (durant laquelle il demeura accroupi à l'écart, le regard perdu au loin, puis se soulagea sur la moquette), que les journaux se furent lassés de rendre compte de ses moindres faits et gestes, et que le bon peuple eut fini de débattre à tous les coins de rues pour déterminer si oui ou non on avait affaire à un être humain, il fut livré à la plus complète négligence. Sicard, qui ne s'intéressait qu'à ses élèves les plus prometteurs, à son livre en cours sur l'éducation des sourds-muets et aux devoirs qui lui incombaient en tant que membre fondateur de la Société des observateurs de l'homme, déclara, au terme de quelques jours d'examen, que le garçon était un incurable crétin – et il n'allait tout de même pas risquer sa réputation pour cet animal qui ne reconnaissait pas le moindre signe et n'avait pas plus de cervelle ou d'hygiène qu'un chat de gouttière. Ainsi l'enfant fut-il à nouveau abandonné, mais à l'intérieur cette fois-ci, cloîtré dans un endroit où personne ne s'occupait de lui, et où les autres enfants s'employaient consciencieusement à le pourchasser, à le harceler, à le tourmenter.

Il rasait les murs, sautait d'une zone d'ombre à l'autre comme si la lumière du jour l'effrayait, et dès qu'il entendait le hourvari des jeunes sourds-muets dans les escaliers, il s'enfuyait dans la direction opposée, montant quand ils étaient au-dessous de lui, descendant quand ils étaient au-dessus. Dehors, il restait le dos collé à la pierre rêche des bâtiments, sur le qui-vive, apeuré, et quand les autres sortaient de classe, il courait se réfugier derrière l'arbre le plus proche. S'il eut jamais l'idée de s'évader, il en fut empêché non seulement par le gardien qui l'enfermait à clé le soir, mais par les hautes murailles qui délimitaient l'enceinte de l'Institution – et que son agilité d'écureuil lui aurait certes permis d'escalader sans mal, mais qu'y avait-il derrière ces murailles ? La ville. Et de celle-ci également, il était désormais la chose et le prisonnier.

Sa seule consolation, il la trouvait dans l'intimité de sa chambre – mais cela aussi lui était plus souvent qu'à son tour refusé, car les membres de la communauté scientifique ne cessaient d'affluer, philosophes et naturalistes venant les uns après les autres pointer le bout de leurs lorgnons dans l'embrasure de sa porte, l'observer en train de déambuler dans la résidence de son étrange allure déhanchée ou de grimper aux arbres pour fuir ses semblables, tous ces gens soudain autour de lui, alors qu'il n'y avait eu personne pendant si longtemps. Il mangeait seul, dans sa chambre, engloutissant ses repas, et s'il se retrouvait mouillé – par une averse ou au sortir du bassin de la cour d'honneur, où les autres enfants adoraient le pousser –, il avait la curieuse habitude de se sécher à l'aide des cendres du foyer, si bien qu'il ressemblait à quelque monstrueuse créature hantant les couloirs de l'Institution. Il arrachait la paille de son matelas, refusait de se laver, et déféquait à côté du pot de chambre, comme par provocation. Par deux fois il s'en prit au brave Monsieur Guérin, le vieil intendant, à qui il infligea ses morsures. Sicard et son équipe finirent par baisser les bras. Il fut un temps question de l'envoyer à Bicêtre, où il aurait été parqué avec les débiles et les fous, triste sort auquel il n'échappa que dans la mesure où la réputation de Sicard en eût souffert – n'était-ce pas lui, après tout, qui avait fait des pieds et des mains pour qu'on amène l'enfant à Paris ? On était à l'automne 1800, et c'était l'impasse.

C'est alors qu'un jeune médecin, frais émoulu de l'hôpital du Val-de-Grâce, prit ses fonctions à l'Institution. Il s'appelait Jean Marc Gaspard Itard, il avait vingt-cinq ans, et il avait fait ses études à Marseille avant de monter à Paris pour son internat. On lui alloua un appartement dans le bâtiment principal et le modeste – très modeste – salaire de soixante-six francs annuels. Sa première rencontre avec l'enfant sauvage eut lieu après que celui-ci eut mordu une de ses condisciples à l'avant-bras ; Itard avait appris que l'élève responsable de l'agression, au moment même où il était en train de soigner la jeune fille, était perché au sommet du grand orme effeuillé qui dominait la cour, et qu'il refusait d'en descendre. Il avait entendu parler de lui, bien sûr – comme tout le monde à Paris, et

Sicard en avait brièvement fait mention au chapitre de ses échecs –, mais à présent Itard, d'un pas courroucé et perplexe, sortait dans la cour balayée par le vent, bien décidé à l'affronter en face.

Il n'y avait personne. Le jour déclinait. La ville était engourdie de froid, les ordures gelaient dans la rue, les citoyens s'emmitouflaient dans leurs manteaux et leurs écharpes, la buée de leur respiration s'échappant en frêles nuages devant les visages. Dans sa hâte, Itard avait oublié son manteau ; il ne portait que son veston, et il se mit aussitôt à frissonner. Il traversa la pelouse, craquante sous l'effet du gel, et se planta devant l'arbre dont la silhouette se découpait sur la traîne rouge pâle du ciel. Il ne vit rien d'abord qu'un entrelacs de longues branches noires grinçant majestueusement dans le vent, mais un pigeon qui s'envola soudain de l'orme à tire-d'aile révéla le garçon, accroché au sommet du tronc tel un gros champignon blanc. Itard se rapprocha, les yeux fixés sur l'arbre, puis trébucha sur quelque chose, une ombre à ses pieds. Il se pencha et vit que c'était un simple morceau de tissu gris : le vêtement de l'enfant, dont il s'était débarrassé comme d'un rien.

Il était donc nu. Le petit sauvage était nu, là, perché dans son arbre, et il avait mordu une fillette. Itard faillit tourner les talons – qu'il gèle, le bougre d'animal, se disait-il, qu'il gèle si ça lui chante. Mais il leva les yeux à nouveau, et ce fut soudain comme une révélation – ce bloc inexpressif à la place du visage, le trou noir du regard, la pâleur des bras et des jambes écartés ; pendant un instant il s'évada de son propre corps et se mit dans la peau de l'enfant. Que pouvait-il bien ressentir, lui qu'on avait abandonné, égorgé, capturé, enfermé, et qui n'avait d'autre moyen de se défendre que de planter ses crocs dans la chair du plus lent et du plus faible de ses bourreaux ? Lui qui arrachait ses vêtements et que le froid semblait laisser indifférent ? Lui qui cherchait refuge et tremblait de peur et de faim ? Très lentement, très posément, Itard se hissa contre le tronc, et commença à grimper.

★

En premier lieu, Itard s'arrangea pour que le garçon soit confié aux bons soins de la femme de l'intendant, Madame Guérin, qui apporterait à son éducation une touche féminine et maternelle. Il prendrait dorénavant ses repas chez elle, avec Monsieur Guérin, dont l'animosité à son endroit, Itard en était convaincu, disparaîtrait avec le temps. Madame Guérin était âgée d'une quarantaine d'années. C'était une femme trapue et coriace, une ancienne paysanne, élevée depuis la proclamation de la République au rang de citoyenne. Dotée d'une volumineuse poitrine et large de hanches, elle ramenait ses cheveux gris en un chignon serré bien haut sur son crâne. Ses propres enfants – trois filles – vivaient avec sa sœur dans une ferme à Chaillot, où elle leur rendait visite chaque fois qu'elle en avait le temps.

Itard – célibataire quant à lui, dévoué corps et âme à ses pupilles sourds-muets, mais aussi ambitieux et avide de faire ses preuves – avait décelé chez cet enfant des choses que personne encore n'avait su voir. L'ayant rejoint dans son arbre, loin au-dessus de la ville déployée, de la ligne des toits et des oiseaux qui croisaient dans le ciel venteux, il avait tendu la main et murmuré des paroles douces, jusqu'à ce que l'enfant tende aussi la sienne. Il n'essaya pas de l'attirer à lui ou de l'attraper de force – c'eût été bien trop dangereux, le moindre geste brusque risquant de causer leur chute à tous les deux – mais garda simplement la main du garçon dans la sienne, lui communiquant sa chaleur de la manière la plus élémentaire. Au bout d'un moment, les yeux du garçon se posèrent sur le jeune médecin, et Itard vit dans ces yeux tout un monde, enfoui, refoulé peut-être, mais irréfutable. Il vit de l'intelligence et de la détresse. Et plus encore : une sorte d'entente dont les termes s'esquissaient entre eux, une confiance réciproque et immédiate parce qu'ils savaient tous deux que personne, pas même le plus agile des élèves sourds-muets, n'aurait jamais osé suivre le sauvage au sommet de son arbre. Itard finit par lui lâcher la main, montra le sol, et l'enfant parut le comprendre ; il descendit à sa suite, calquant chacun de ses mouvements, chaque prise, sur ceux du médecin. Une fois revenus sur la terre ferme, Itard tendit à nouveau la main ; l'enfant la saisit et se laissa raccompagner dans la grande bâtisse de pierre, et jusque dans sa chambre, où Itard fit du feu. Ils restèrent longtemps ainsi, agenouillés côte à côte sur le plancher de bois brut à se réchauffer les mains devant l'âtre, tandis qu'au-dehors le vent cinglait les fenêtres et la nuit s'abattait comme une hache.

Itard demanda l'autorisation de prendre en charge l'enfant, et Sicard la lui accorda. Que pouvait-il faire d'autre ? Si ce jeune néophyte échouait à civiliser le sauvage, à lui enseigner l'art de parler et à l'instruire des bonnes mœurs – et il échouerait, Sicard en était persuadé –, peu lui importait. Il était même soulagé, car il n'était désormais plus responsable de l'enfant sauvage, et si toutefois ce dernier, par quelque miracle, arrivait un jour à parler, le prestige en rejaillirait sur son institution tout entière. Sicard se prit même un instant à imaginer l'enfant, convenablement vêtu, debout à côté de Massieu sur l'estrade d'un auditorium, en train de livrer le récit éloquent de sa vie antérieure, parlant de tubercules crus comme de *la nourriture des animaux et des Belges*, entre autres traits d'esprit. Mais non. Impossible. Et puis, mieux valait décidément que le fardeau échût à un autre que lui. Il fit tout de même en sorte que le gouvernement lui accorde une pension annuelle de cinq cents francs, destinés à financer les soins et l'éducation de l'enfant ainsi que l'expérience unique en son genre que le docteur Itard se proposait de mener en vue de mettre à l'épreuve la théorie avancée par Locke et Condillac : l'homme naissait-il vraiment à l'état de *tabula rasa*, dépourvu d'esprit et d'idées, page vierge sur laquelle la société imprimait ensuite sa marque, animal capable d'apprendre et de se parfaire ? Ou la société était-elle au contraire un instrument de corruption, comme le suggérait Rousseau, et non point le fondement de toutes choses justes et droites en ce monde ?

Itard allait consacrer les cinq années suivantes, sept jours sur sept, à tenter d'apporter réponse à ces questions.

★

L'enfant se fit tant bien que mal à sa nouvelle vie. Madame Guérin lui prodiguait tous ses soins, Itard le protégeait contre la horde des sourds-muets qui avaient juré sa perte, et il se régalait des trésors de nourriture que recelait le buffet des Guérin ; en revanche, il opposait au médecin qui s'acharnait à le domestiquer une furieuse résistance. Il avait grossi, sa peau s'était adoucie, il était plus pâle (une fois dissipés les effets de sa vie dans les bois et la brûlure du soleil, il apparut qu'il avait le teint aussi rose que n'importe quel autre enfant), et il n'avait d'autre désir que de rester tapi dans un coin de sa chambre, se balancer, ou demeurer au bord de l'étang à regarder la lumière jouer à la surface de l'eau. Or voici que cet homme avait surgi, qui le toisait sans cesse, le reniflait, le poursuivait jusque dans sa chambre, l'agressait, le forçait à s'asseoir à table avec lui et l'empêchait de dévorer les saucisses dont il raffolait à présent, les pommes de terre rissolées, la soupe de fèves, le pain chaud sorti du four.

Jour après jour, sans répit, il devait faire ses preuves. Et c'était d'autant plus difficile que, les premières semaines, Itard l'avait laissé agir à sa guise, partir pour de longues promenades à ses côtés dans le parc, manger tout ce qu'il voulait, quand il voulait, rester prostré dans son coin, dormir en boule à n'importe quelle heure du jour ou de la nuit, et pour l'enfant c'était le paradis, car il était maître de ses faits et gestes, on lui passait tous ses caprices, et la présence d'Itard lui permettait d'affronter les sourds-muets, l'un d'eux en particulier, un grand échalas tout sec et noueux qui le harcelait, le frappait ou le plaquait au sol jusqu'à ce qu'il ne puisse plus respirer. Itard était là désormais, pour veiller sur lui, mais aussi, de façon très progressive et subtile, pour le façonner selon son projet. Au matin de la première neige, alors que l'Institution était encore noyée de sommeil et de silence, tous les bruits assourdis par la lente chute des flocons, l'enfant se réveilla en proie à une joie frénétique ; il dévala les escaliers dans le plus simple appareil et, arrivé dans la cour, il leva les yeux vers le ciel, accueillit en jappant les tourbillons de cristaux blancs qui en tombaient, et se roula dans les congères, sans se soucier un instant du froid, sans que personne l'en empêche. Les bâtiments de pierre semblaient de grandes falaises jaillies du sol pour crever les nuages. Des formes apparaissaient puis se dissolvaient dans l'éther, une danse de spectres, là dans la cour, pour lui seul. Mais soudain l'enfant se figea ; il avait senti quelque chose, quelqu'un. Oui, le voici qui revenait, cet homme, Itard, avec son grand manteau et son écharpe, ses cheveux saupoudrés de neige, ses cils, ses sourcils, l'arête de son nez.

Le lendemain, la nouvelle éducation de l'enfant commença, et le paradis, inexorablement, s'éloigna.

Itard s'emparait maintenant de lui aussitôt après le petit déjeuner : il lui faisait prendre un long bain chaud, un bain qui pouvait durer plus de trois heures, que Madame Guérin alimentait seau après seau, et l'enfant s'ébattait, éclaboussait, plongeait et crachait, jouait comme n'importe quel enfant bercé par l'eau chaude et libre de ses mouvements, mais il y avait un but à tout cela, et ce but était de le civiliser. S'il ressortait de ces séances propre et débarrassé de toute odeur incommodante, ce n'en était qu'un bienfait secondaire ; non, le véritable propos d'Itard, qui soumit son élève à ce rituel chaque jour pendant tout un mois, était de sensibiliser le sauvage, de lui faire prendre conscience de son corps, de lui-même, comme jamais il n'y serait parvenu s'il avait continué à mener la vie d'un animal. Après le bain quotidien, une heure entière était consacrée au massage : à tour de rôle, Itard et Madame Guérin lui frottaient les bras et les jambes, le creux des reins, ce qui lui procurait soulagement et plaisir tout en lui permettant de découvrir une forme de contact qu'il n'avait jusqu'ici jamais connue – l'un de ses semblables le touchait, sans qu'il entrât dans cet échange aucune crainte ni aucune violence. Le résultat ne se fit pas attendre : un mois plus tard, l'enfant piquait une crise de nerfs si l'eau n'était pas assez chaude ou les mains du masseur assez fermes, et il s'habillait seul, sans qu'on eût à le lui demander, car il était sensible désormais au froid, comme n'importe quelle autre créature civilisée, et ce changement était sans retour. Il en allait de même pour ce qu'il mangeait. Le sauvage qui se nourrissait de racines et de légumes crus, de pommes de terre arrachées à même la braise, qui dévorait insectes et rongeurs en les déchiquetant à coups de dents, rejetait à présent avec une grimace toute assiette dont le contenu ne fût pas à son goût ou sur laquelle flottât un cheveu malencontreusement tombé de la tête grisonnante de Madame Guérin.

D'autres transformations indiquèrent combien ses sens s'éveillaient. Il apprit à se servir d'une cuillère pour retirer les pommes de terre de la casserole bouillante, plutôt que d'y plonger inconsidérément les doigts. Il se reconnaissait dans le miroir à main et savait l'orienter de manière à attraper les reflets de la lumière et les faire jouer d'un mur à l'autre de la pièce. Il cherchait à palper les tissus soyeux des jupons de Madame Guérin et le grain délicieux des costumes en velours d'Itard. Quand, pour la première fois de sa vie peut-être, il attrapa un rhume et éternua, il fut terrifié et courut se réfugier sous son couvre-lit, persuadé que son propre corps se retournait contre lui. Mais il éternua une deuxième fois, puis une troisième, et bientôt, sous la surveillance d'Itard qui lui murmurait des paroles réconfortantes, il apprit à anticiper ces éternuements, à les accompagner, à les exagérer en hurlant de rire et en courant partout dans sa chambre, comme propulsé par une tempête à l'intérieur de ses poumons.

Puis – et c'est alors que l'élève commença à regimber devant les exigences de son maître – débuta la seconde phase de son apprentissage, destinée à aiguiser chez lui, après les sens du goût et du toucher, ceux de la vue et de l'ouïe. Jusqu'alors, il n'entendait que de manière sélective, pour ainsi dire, ne réagissant qu'aux sons associés à la nourriture, le raclement d'une cuillère dans un bol, le crépitement du feu sous la marmite, une noix qu'on brise, mais pour la voix humaine – hormis dans ses inflexions, de colère notamment quand ses crises d'hystérie poussaient à bout Itard ou les Guérin, ou quand ils essayaient de l'avertir de tel ou tel danger –, il n'avait aucune oreille. Le langage n'était guère pour lui qu'un bruit de fond, à peu près aussi incohérent que le babil des oiseaux de la forêt, le meuglement des vaches ou l'aboiement des chiens. Itard entreprit dans un premier temps de procéder par l'imitation des sons ; n'était-ce pas ainsi que les enfants acquéraient la parole, en imitant ce qu'ils entendaient de la bouche de leurs parents ? Il découpa ainsi les mots en simples phonèmes, voyelles et consonnes qu'il répétait inlassablement à l'enfant dans l'espoir que celui-ci lui réponde en écho, et il lui montrait des objets – un verre de lait, une chaussure, une cuillère, un bol, une pomme de terre – en les nommant à voix haute. L'enfant n'y prêtait pas la moindre attention. Il ne faisait aucun lien entre ces bruits informes et ce qu'ils désignaient ; au bout de plusieurs mois de travail, il ne parvenait à produire d'autre son qu'une espèce de gémissement lancinant et des éclats de rire qui le secouaient de la manière la plus soudaine et intempestive. Il réagissait cependant à la voix saccadée de ses bourreaux sourds-muets – il fuyait leur raffut comme il aurait fui le fracas de la nature, un coup de tonnerre, les trombes assourdissantes d'une cascade – et un soir, alors qu'Itard avait presque perdu tout espoir, il réussit enfin à prononcer, pour la première fois, un son articulé.

On était en février, le ciel bas s'étirait en un long voile terne sur la ville, les casseroles mijotaient dans les chaumières, et le charivari habituel des pupilles de l'Institution s'était amoindri sous l'effet de la grisaille et de la nonchalance propre aux heures crépusculaires. Itard était assis dans la cuisine des Guérin, où l'intendante préparait le dîner, et il fumait tranquillement tout en surveillant le garçon, qui n'était jamais aussi alerte que lorsqu'il y avait de la nourriture dans les parages. Alors qu'il était devant les fourneaux, occupé à regarder ses pommes de terre bouillir, les Guérin se lancèrent dans une grande conversation sur la mort récente d'une de leurs connaissances dans un accident de fiacre. Madame Guérin affirmait que c'était la faute du cocher – il avait eu un moment d'inattention, peut-être même était-il ivre – tandis que son mari le défendait. Chaque fois qu'elle avançait un argument, il rétorquait : « Oh, mais ça, ce n'est pas pareil ! », et enchaînait par un contre-argument. C'est cette exclamation, cette simple voyelle, « o », qui poussa l'enfant à tourner la tête, comme s'il la distinguait de tout le reste. Plus tard ce soir-là, alors qu'il s'apprêtait à se coucher (dans le lit de plume et les draps propres qu'il préférait nettement désormais à la couche de paille, d'ordures et de bois dont, peu de temps encore auparavant, il ne pouvait se passer), Itard vint lui souhaiter bonne nuit et lui répéter une dernière fois quelques voyelles – qui sait, peut-être la magie du sommeil aiderait-elle l'esprit stérile du garçon à retenir ces sonorités...

« Oh », dit Itard en montrant du doigt la fenêtre. « Oh », dit-il en montrant le lit, sa propre gorge, le son rond et souple qui demeurait suspendu en l'air.

Et il fut stupéfait d'entendre ce même son lui revenir, surgi des profondeurs de la gorge de l'enfant. Ce dernier était en chemise de nuit et tirait sur ses couvertures. Jamais il ne se lavait, ni ne faisait semblant de prier un Dieu dont il n'avait pas même idée ; quand il était fatigué, il se retirait dans sa chambre et se couchait. Mais voici qu'à présent, allongé sur son lit, il répétait ce son, ahuri lui-même par cette nouveauté, et Itard, exalté, resta penché au-dessus de lui, à répéter « oh, oh, oh » jusqu'à ce qu'il s'endorme.

Ce fut dès lors pour Itard la chose la plus naturelle du monde, le lendemain matin au réveil de l'enfant, que de l'appeler par son nouveau nom, le nom qu'il avait lui-même soufflé au médecin sans le savoir, un nom que d'innombrables Français avant lui avaient fièrement porté, un nom dont l'accent tombait sur cette voyelle forte et claire : Victor. Son nom était Victor, et s'il n'arrivait pas à en prononcer la première syllabe – peut-être ne l'entendait-il même pas, peut-être ne l'entendrait-il jamais –, il réagissait désormais à la seconde. Il s'appelait Victor. Victor. Au bout de treize années d'existence, il était enfin devenu quelqu'un.

6

Peu de temps après ce tardif baptême, Victor – ou plutôt Itard, au nom de son élève – fut invité dans le salon de Madame Récamier. C'était là une formidable occasion, non seulement pour Victor, dont la cause pourrait être défendue auprès des gens les plus puissants et influents du pays, mais aussi pour Itard, qui nourrissait des ambitions sociales aussi extravagantes qu'inavouées et n'aspirait pas moins que les autres hommes à la reconnaissance. Madame Récamier avait alors vingt-quatre ans. Réputée pour sa beauté et son esprit, elle avait épousé un riche banquier qui avait trois fois son âge, et vivait dans un château à Clichy-la-Garenne, où venait lui rendre hommage et se montrer tout le gratin de la capitale. Itard se fit faire un nouveau costume et demanda à Madame Guérin de confectionner pour Victor une tenue digne de l'événement : chemise à haut col, veston, cravate. Il avait l'air d'un vrai petit gentilhomme. Pendant toute une semaine avant la date fatidique, Itard soumit son élève à divers jeux et stratagèmes de son invention en vue de lui apprendre à faire la révérence devant une dame. Il obtint des résultats mitigés.

Le soir dit, ils louèrent un fiacre – non seulement Victor n'avait plus peur à présent des chevaux, mais il allait même jusqu'à passer la tête par la fenêtre en hurlant de joie durant tout le trajet, effrayant sur son passage les promeneurs, les gendarmes et les chiens – et se rendirent à Clichy-la-Garenne sous une pluie battante. Les choses se passèrent à merveille au début : la haute société parisienne réserva un accueil royal au médecin et à son pupille, ce sauvageon qui s'habillait et savait se tenir aujourd'hui comme n'importe quel garçon de treize ans – même si Victor s'abstint de saluer son hôtesse ou qui que ce soit d'autre, se mit à trottiner d'un bout à l'autre de l'immense salon et s'empiffra de toutes les victuailles qui lui tombaient sous la main, canapés aux œufs de cabillaud, beignets de champignons farcis et autres carcasses d'oisillons empalés sur des brochettes.

Madame Récamier lui attribua la place d'honneur, à côté d'elle, et témoigna les plus grands égards au jeune médecin, cherchant à le faire sortir de sa réserve et à le convaincre de régaler ses invités, tel un bateleur de cirque, par une petite démonstration des talents de Victor. Mais il n'y eut pas de démonstration. Victor n'avait aucun talent à démontrer. Victor était muet, il ne savait même pas – ou ne voulait pas – prononcer son propre nom, et il n'était pas le moins du monde ému par les atours légendaires et les beaux yeux de Madame Récamier. Laquelle, au bout d'un moment, finit par se tourner vers son autre voisin de table et se lança dans un récit passionné à propos du peintre qui avait récemment réalisé son portrait – imaginez-vous qu'elle avait dû rester figée dans la même pose pendant des heures, et que le diable d'homme n'avait pas même permis à ses domestiques de lui faire la lecture, de peur que cela ne la déconcentre ! Quel ennui ! Quelles souffrances ! Quel rustre ! D'un geste, alors, elle fit se tourner tous les regards, et soudain il était là, comme par enchantement, ce fameux portrait de l'auguste Madame Récamier – allongée, pieds nus affolants, visage empreint de noblesse et de charme mêlés –, accroché au mur derrière eux. Itard était transporté. Et il était sur le point de faire un commentaire, il cherchait les mots justes, des paroles élégantes et mémorables qui se distingueraient du verbiage suffisant des autres convives, lorsqu'un bruit épouvantable, comme d'un marbre précieux qui se brise en mille morceaux, imposa d'un coup le silence.

Le vacarme – bientôt suivi d'une réplique tout aussi fracassante – venait du jardin. Itard regarda Madame Récamier, qui regarda le siège vide à côté d'elle, tandis qu'à l'autre bout de la table un monsieur s'écriait : « Regardez, le Sauvage – il s'enfuit ! » Aussitôt ce fut l'hallali : les hommes sautèrent de leur fauteuil pour se lancer à sa poursuite, les femmes s'agglutinèrent aux fenêtres en jouant furieusement de l'éventail pour ne pas s'évanouir, les domestiques papillonnaient dans le plus grand désarroi autour de la table désertée, et la maîtresse des lieux faisait de son mieux pour donner l'impression que tout cela avait été prévu de longue date au menu des réjouissances. Itard était si confus et mortifié qu'il en renversa son fauteuil ; agrippé à sa serviette comme à une bouée de sauvetage, il ne pouvait plus bouger. Il ne savait pas quoi faire.

Quand il recouvra ses esprits, ce fut pour découvrir Victor en train de zigzaguer en tous sens sur la pelouse, pourchassé par une dizaine d'hommes en perruque, chemise à jabot et souliers à boucle ; le garçon, lui, se défaisait un à un de ses vêtements, arrachant son veston, déchirant sa chemise et se débarrassant de ses chaussures et de ses bas sans cesser de courir. Quelques instants plus tard, malgré les bains chauds, malgré les massages, malgré les heures passées à affiner tous ses sens, il était à nouveau aussi nu que le jour où il était sorti des bois pour entrer dans le monde – et c'est tout nu qu'il entreprenait à présent de grimper à l'un des platanes de Madame Récamier tel un grand singe arboricole. Itard franchit le portail du jardin comme un possédé, les cris des nobles citoyens – dont le vénérable général Jean Moreau, Jean-Baptiste Bernadotte, futur roi de Suède et de Norvège, et le vieux Monsieur Récamier lui-même – sonnant à toute volée dans ses oreilles. Sous les regards de l'assemblée, il se planta au pied de l'arbre et supplia Victor d'en redescendre, mais fut obligé pour finir d'enlever sa veste et de grimper à son tour.

Itard devait longtemps souffrir de l'humiliation de cette soirée, et l'incident, quoiqu'il eût sans doute été peu disposé à le reconnaître, détermina pour une bonne part son attitude à l'égard de son élève au cours des semaines et des mois d'apprentissage à venir. Il perdit toute patience. Fini, les crises de nerfs par lesquelles se soldaient trop souvent les leçons ; fini, les écarts de comportement. Désormais, et sans la moindre exception, il ne tolérerait plus que Victor se déshabille ou crapahute dans les arbres à tout bout de champ – et plus de sorties en société. La société attendrait.

Itard, sans cesser de faire travailler ses voyelles à Victor, décida de mettre à profit la méthode inventée par Sicard pour apprendre aux sourds-muets à lire, écrire et parler. Dans un premier temps, l'enfant dut essayer d'identifier divers objets de tous les jours – un soulier, un marteau, une cuillère – grâce à de simples dessins. Dès lors qu'il aurait compris le principe de la représentation, se disait Itard, les dessins pourraient être remplacés par d'autres symboles, ceux du langage : les mots. Il disposa donc sur une table, dans la chambre de Victor, quelques objets, notamment la clé du buffet des Guérin, pour laquelle l'enfant avait une affection particulière, et afficha sur le mur opposé les dessins correspondants. Il montrait du doigt le dessin de la clé, par exemple, ou du marteau, puis faisait comprendre à Victor que c'était là l'objet qu'il voulait. Mais l'enfant se révéla incapable de faire le lien, malgré tous les efforts d'Itard, qui perfectionnait ses dessins et mettait son élève à l'épreuve en répétant inlassablement le nom des objets qu'ils représentaient : « La clé, Victor, apporte-moi la clé. » Parfois, l'enfant lui apportait le bon objet ; mais tout aussi souvent, et même après qu'ils eurent répété mille fois cet exercice, il prenait le marteau au lieu de la clé, ou le soulier à la place de la cuillère que lui avait demandée son maître.

Itard eut alors l'idée de simplifier la tâche de Victor grâce à une variante plus concrète du même jeu. D'abord, il accrocha les objets au mur, sous les dessins ; puis tous deux s'assirent sur le lit de Victor et observèrent le tableau ainsi dressé – clé, marteau, cuillère, soulier –, le temps pour l'enfant d'associer chaque article à l'image qui lui correspondait. Ensuite, Itard se leva, décrocha un à un les objets et les tendit à Victor. Pendant un long moment, l'élève regarda son maître sans bouger, d'un air calme et posé, puis il se leva et alla remettre les objets à leur place. Il y parvint à plusieurs reprises, sans la moindre hésitation, mais quand Itard changea l'agencement des dessins, Victor continua à placer les objets dans le même ordre qu'auparavant – seule sa mémoire spatiale le guidait. Itard corrigeait sans cesse ses erreurs, mais rien n'y faisait : quelle que soit la séquence des dessins, Victor remettait toujours les objets dans le même ordre, n'obéissant qu'à sa mémoire. « Très bien, se dit Itard, compliquons donc un peu les choses. » Bientôt il y eut dix objets accrochés au mur, puis quinze, dix-huit, vingt, jusqu'à ce que Victor soit incapable de se rappeler dans quel ordre ils étaient disposés. Enfin, après plusieurs semaines de labeur, de fermeté, de supplications et d'insistance, Itard constata avec satisfaction – non, avec joie, avec jubilation – que l'enfant comparait désormais attentivement objets et dessins avant de les associer, et maîtrisait l'exercice à la perfection.

À présent, les mots. Itard reprit les quatre objets du début, les accrocha au mur, écrivit dessous le nom de chacun en lettres majuscules – LA CLÉ, LE MARTEAU, LA CUILLÈRE, LE SOULIER – et enleva les dessins. Rien. C'était comme avant : Victor ne faisait aucun lien entre ce qui n'était pour lui que d'informes gribouillis et les objets tangibles accrochés au mur. Seule sa mémoire lui permettait de les replacer dans le bon ordre, et quelque acharnement qu'on y mette, il était incapable d'aller plus loin.

Les semaines passèrent. Victor commença à rechigner. Itard s'entêta. En vain. Perplexe, il décida de consulter Sicard.

« Ce garçon est un infirme congénital, déclara l'abbé assis à son grand bureau de chêne, caressant sur ses genoux l'un des nombreux chats qui avaient élu domicile à l'Institution. Croyez bien que j'en suis navré, mais c'est un idiot, un crétin – et non pas parce qu'il a été abandonné ; non, il est idiot parce qu'il est né ainsi, et c'est parce qu'il est né ainsi qu'il a été abandonné.

— Ce n'est pas un idiot, je vous en donne ma parole. Il progresse. Je le vois dans son regard.

— Mais bien entendu. Enfin quoi, imaginez donc les parents, de pauvres paysans, déjà encombrés de toute une marmaille répugnante, sans rien ou presque pour les nourrir, et qui se retrouvent soudain avec cet enfant – ce Victor, comme vous l'appelez – qui ne sait ni parler ni se comporter normalement. Bien sûr qu'ils l'abandonnent ! C'est désolant mais c'est ainsi. Croyez-moi, je connais cette histoire par cœur avec mes sourds-muets.

— Sauf votre respect, monsieur l'abbé, ce n'est pas un idiot. Et je le prouverai. Donnez-moi simplement un peu de temps. »

Sicard se pencha pour laisser partir le chat, une grosse bête gavée qui était le frère ou l'oncle ou peut-être le père (personne ne s'en souvenait) du félidé quasi identique qui trônait dans l'appartement des Guérin. Puis l'abbé se redressa, toisa Itard et lâcha d'une voix égale : « Comme vous l'avez prouvé chez Madame Récamier ?

— Eh bien, je... » Le coup était bas, et Itard ne l'avait pas vu venir. « C'était un regrettable incident, je le reconnais, mais...

— Regrettable ? l'interrompit Sicard en croisant les doigts sur son bureau. Ce garçon nous fait du tort – à vous, à moi, à l'Institution et à tout ce que nous avons accompli ici. Pire : il nous fait honte. » Sa voix se réduisit à un murmure : « Laissez tomber, Itard. Abandonnez cette folie avant qu'il ne soit trop tard. Ne voyez-vous pas que vous courez à votre perte ? »

Mais Itard n'abandonna pas. Il laissa tomber la méthode Sicard, en revanche, et reprit les choses depuis le début. À ses yeux, Victor souffrait d'abord et avant tout d'un problème de perception – un problème plus grave, bien plus grave que celui des autres pensionnaires de l'Institution, dont l'acuité visuelle s'était développée de manière proportionnellement inverse à leur surdité, de sorte que le lien entre les objets et leur représentation symbolique leur apparaissait de façon évidente. Ils n'avaient aucun mal à distinguer les subtiles différences de forme entre telle et telle lettre, entre un *b* et un *h*, un *l* et un *t*, et une fois qu'ils en avaient compris le principe, le système n'avait pour eux plus aucun secret. Victor, lui, ne voyait tout simplement pas les lettres qui formaient les mots, car il était incapable d'en distinguer les contours. Itard eut donc l'idée de lui apprendre à reconnaître les formes les plus élémentaires, grâce à des figures géométriques – triangles, cercles, carrés, parallélogrammes – que l'enfant devait associer aux trous correspondants dans la feuille de carton où elles avaient été découpées. Victor s'amusa dans un premier temps de ce nouveau jeu et en releva sans peine le défi, mais Itard, encouragé par les progrès de son élève, rendit bientôt l'exercice de plus en plus difficile en variant les formes, les couleurs et l'agencement des pièces, jusqu'au moment, inévitable, où Victor se révolta.

Imaginez-le. Imaginez l'enfant sauvage, avec ses nouveaux vêtements, son nouveau nom et ses nouvelles habitudes douillettes, pris entre Madame Guérin, figure maternelle toute de tendresse et de cajoleries, et Itard, le père autoritaire qui lui assignait à tout moment de la journée des tâches impossibles et frustrantes, dignes d'un conte des frères Grimm – comment dès lors s'étonner de le voir craquer, de voir resurgir en lui la créature qu'il avait été jadis, libre et sauvage ? Il n'avait qu'une envie, courir dehors, dormir au soleil, poser sa tête sur les genoux de Madame Guérin, s'asseoir à table et manger à s'en faire craquer le ventre – mais l'autre était toujours là, Itard, son maître au regard sévère, plein d'exigences et de remontrances. Et plus, et pire encore : son propre corps se transformait, assailli par la tornade hormonale de la puberté, des poils drus lui poussaient sous les bras et entre les jambes, ses testicules descendaient, son membre se raidissait jour et nuit sans qu'il pût le contrôler. Il était troublé. Inquiet. En colère.

La tempête éclata par un bel après-midi de printemps. Dans les rues de Paris flottait un parfum de lilas et de lis, porté par une brise venue du sud, douce et chaude comme la caresse d'une main sur la joue ; le bassin de l'Institution s'était soudain peuplé de tout un bataillon de petits canards, et les sourds-muets gambadaient sur les pelouses en poussant des cris aigus, faisant retentir leur étrange voix distordue. Itard avait préparé un jeu particulièrement complexe de formes et de figures découpées, cloué des affiches au mur et étalé sur la table des objets en trois dimensions, et il voyait bien que Victor était de plus en plus découragé. Lui aussi d'ailleurs, car cette matinée ne s'annonçait guère plus prometteuse que les précédentes ; à ce rythme, on avait plus de chances de voir les glaciers des Alpes et des Pyrénées se rejoindre que de voir Victor maîtriser un exercice pourtant à la portée d'un enfant de quatre ans.

Les figures géométriques refusaient de trouver leur place. Victor recula et se laissa tomber sur le lit d'un geste las. Itard le prit par le bras et, pour la centième fois de la matinée, le força à se lever, à recommencer ; ses doigts se serraient autour de la chair de l'enfant, et l'enfant se laissait mollement fléchir, en un ballet auquel l'un et l'autre avaient fini par s'habituer comme à la chose la plus naturelle du monde. Mais, cette fois, Victor en eut assez. Avec une violence qui les surprit tous deux, il retira son bras, et pendant un instant il sembla sur le point de sauter à la gorge de son maître, montrant les dents et levant les poings ; mais il retourna sa colère contre les objets honnis – les sphères, les pyramides, les formes plates – et les déchira en mille morceaux. Il fusa en tous sens, échappant à Itard avec une dextérité animale que sa corpulence n'avait pas amoindrie, il jeta les morceaux par la fenêtre, il se précipita vers la cheminée et balança de la cendre par poignées dans toute la pièce, puis à grands coups de dents il réduisit les draps de son lit à l'état de haillons tandis que son maître essayait en vain de le plaquer au sol. Enfin, poussant un hululement d'une voix qu'on ne lui avait jamais entendue, oppressante comme le cri d'un oiseau charognard, Victor se jeta par terre et se mit à convulser.

Les convulsions n'étaient pas feintes – les yeux du garçon se renfonçaient dans son crâne, il grinçait des dents et se mordait la langue jusqu'au sang –, mais il les avait provoquées tout seul, et Itard, qui avait déjà eu droit à ce genre de scène à d'innombrables reprises, perdit lui aussi son sang-froid. En un éclair il sauta sur le garçon, le souleva du sol et le traîna jusqu'à la fenêtre – un traitement de choc, voilà ce dont il avait besoin, une force qui le dépasse, implacable, irrésistible, un geste de violence, un seul, qui aurait raison de lui une bonne fois pour toutes. Là, maintenant. Itard attrapa l'enfant par les chevilles et le fit basculer par la fenêtre ouverte. Suspendu la tête en bas à cinq étages du sol, Victor se tétanisa, et les convulsions cessèrent aussitôt sous l'effet de la terreur. Que pouvait-il bien penser ? Qu'après lui avoir prodigué bontés et attentions, après l'avoir nourri, réchauffé, protégé, ses geôliers – cet homme en particulier, cet homme qui ne cessait de lui donner ces travaux bizarres et inutiles à accomplir – avaient fini par révéler leur vrai visage. Que son maître était de mèche avec Madame Guérin, qu'ils ne l'avaient choyé que pour mieux le détruire, comme l'auraient sûrement fait les sourds-muets, et avant eux les enfants cruels des villages aux abords de la forêt, si on leur en avait laissé le loisir. On l'avait trahi. Il allait se fracasser contre le sol.

Pendant ces quelques minutes, Itard ne se préoccupa nullement de ce que pouvait ressentir le garçon. L'humiliation cuisante de l'incident chez Madame Récamier lui revenait en mémoire, toutes ces heures gâchées, ce duel incessant, le scepticisme de Sicard, le couperet assassin de l'opinion publique qui l'attendait au tournant, avide de le voir échouer. Victor gémissait. Il avait mouillé son pantalon. Un pigeon, dérangé dans son nid, émit un roucoulement timide et inquiet. Le sang monta à la tête de Victor, et le ciel sembla imploser en une grosse boule noire à l'horizon, tandis que les sourds-muets accouraient sous la fenêtre, pointant du doigt et hurlant ; alors, Itard resserra les mains autour des chevilles de l'enfant et le remonta.

Il ne le fit pas allonger sur le lit. Il ne le fit pas asseoir sur une chaise ou par terre. Il le maintint debout, jusqu'à ce qu'il retrouve l'usage de ses muscles et soit capable de tenir tout seul. Puis, avec fermeté et sans la moindre hésitation, il l'obligea à ramasser les morceaux de carton épars, et reprit la leçon.

★

Après cette journée de calvaire, Victor sembla retrouver de sa docilité. Il rechignait toujours, mais moins souvent – et moins violemment –, et Itard n'avait qu'à lui montrer la fenêtre pour mettre fin à ses emportements. Plus de crises de nerfs, plus de convulsions. Sage, les épaules rentrées, la tête basse, Victor faisait ce qu'on lui demandait et s'appliquait à ses exercices, tant et si bien qu'il finit par acquérir une certaine habileté, si rudimentaire fût-elle, au jeu des figures géométriques. Itard décida donc de passer à l'étape suivante : lui apprendre l'alphabet, en sollicitant à la fois son sens tactile et sa capacité, tout juste naissante, à distinguer les formes. Il inventa à cet effet une espèce de plateau de jeu, composé de vingt-quatre cases où devaient s'insérer les vingt-quatre lettres de l'alphabet qu'il avait fait fabriquer en métal. Victor n'eut à première vue aucun mal à replacer chaque lettre au bon endroit. Mais Itard se rendit bientôt compte que l'enfant, en réalité, n'avait pas du tout appris à reconnaître les lettres ; il se contentait de les retirer soigneusement de leurs cases dans un ordre bien défini, puis de les remettre dans l'ordre inverse. Comme il l'avait fait pour les dessins, il compliqua donc le jeu, mélangeant les lettres jusqu'à ce qu'il devienne impossible d'en mémoriser l'ordre et que Victor n'ait d'autre choix que de se concentrer sur leur forme. Et il finit par s'en sortir. Victorieusement.

Dans la foulée, Victor prononça son premier mot. Un jour, en fin d'après-midi, comme Madame Guérin venait de verser un bol de lait pour son chat adoré, Sultan, et un verre pour Victor, qui se trouvait assis devant les lettres en métal éparpillées sur la table de la cuisine, Itard, qui ne ratait jamais une occasion d'instruire son élève, se saisit du verre avant que l'enfant ait eu le temps de le prendre, puis agença sous son nez quatre lettres : l-a-i-t. Il prononça en même temps le mot ainsi formé – « lait, lait » – mélangea à nouveau les lettres et les poussa vers Victor, qui épela aussitôt le mot : t-i-a-l. « Bien, Victor, très bien », murmura-t-il en comprenant son erreur – l'enfant avait vu les lettres à l'envers. Ils recommencèrent, et cette fois Victor épela le mot correctement. « Lait, lait », répéta Itard, et Madame Guérin, debout aux fourneaux, se joignit à lui, et bientôt ce fut un véritable concert, un chœur incantatoire en l'honneur de ce simple et nourrissant breuvage, orchestré par Itard qui, en boucle, désignait du doigt les lettres sur la table, le lait dans le verre, puis sa propre bouche. Et pour finir, Victor, qui aimait à présent le lait au moins autant que le chat, réussit péniblement à leur répondre en écho, articulant d'un filet de voix étrange, presque imperceptible, mais de manière claire et distincte : « Lait. »

Itard était fou de joie. Enfin il l'avait trouvée, la clé qui allait délier la langue et l'esprit du garçon ! Après l'avoir félicité, après l'avoir attiré contre lui, faisant fi de toute réserve, et serré dans ses bras à l'en étouffer, après lui avoir versé un deuxième puis un troisième verre de lait qui laissèrent sur la lèvre de l'enfant un halo blanchâtre, Itard courut jusqu'au bureau de Sicard pour lui rapporter l'extraordinaire nouvelle, et si l'abbé avait encore des doutes, il s'abstint cependant de tout commentaire. Il aurait pu faire remarquer au jeune médecin que certains idiots arrivent parfois à prononcer deux ou trois mots simples, que les bébés de dix-huit mois savent articuler les vocables « papa » et « maman », mais il se contenta de dire : « Félicitations, mon frère. Continuez. »

Itard se coucha heureux ce soir-là, et le suivant, et celui d'après, et ses journées furent tout entières illuminées de ce bonheur, jusqu'au soir, trois jours après l'événement triomphal, où Victor s'écria « Lait ! » quand Madame Guérin lui versa un verre d'eau, « Lait ! » quand elle lui découpa une tranche de gigot d'agneau, et « Lait, lait, lait ! » quand elle lui servit une assiette brûlante de pommes de terre en papillotes.

Itard était-il déçu ? Était-il anéanti, brisé jusqu'au plus profond de lui-même ? Les mots de l'abbé – « Laissez tomber ; vous courez à votre perte » – lui revenaient-ils en mémoire comme une cruelle litanie ? Oui, bien sûr. Comment aurait-il pu en être autrement ? La déception se lisait sur son visage, dans ses gestes, dans les regards qu'il posait sur son pupille ; il était furieux, et écœuré par ces poignets fins, cette tête trop grosse, le gras qui commençait à lui gonfler la taille, les joues, le torse et même le menton, tandis que Victor, lui, continuait de remplir les cases de son tableau avec les lettres de métal en rugissant « lait ! » chaque fois qu'il réussissait.

Est-ce la colère et la sévérité dont il fit preuve, au cours des jours suivants, qui furent la cause de la première crise majeure depuis l'arrivée de Victor à l'Institution ? Itard n'aurait su le dire, mais lorsqu'il monta les cinq étages, ce matin-là, et trouva la chambre vide, c'est d'abord à lui-même qu'il s'en prit. Victor n'était pas chez les Guérin, ni dans le bureau de Sicard, ni au bord de l'étang, et les recherches lancées dans toute la résidence, des dortoirs des sourds-muets jusqu'aux murs d'enceinte les plus éloignés, furent vaines. Une fois de plus, comme s'il n'avait jamais été qu'une chimère née de l'imagination collective, l'enfant sauvage avait disparu.

7

Dehors dans la nuit, loin de l'Institution, Victor errait. Il y avait trop de bruit. Trop de monde. Tout paraissait étranger, irréel. Le ciel déchiqueté était méconnaissable ; la ville, une fleur taillée dans le roc, éclose sous la lune invisible de cette nuit de printemps, dont les pétales se ramifiaient en mille et une avenues, bifurcations et impasses. Quelque chose l'avait tiré du lit, poussé à dévaler les escaliers, traverser la résidence, franchir le portail et s'échapper dans les rues – mais quoi ? Il ne savait plus. Une contrariété, une douleur, l'éternelle et invincible frustration qu'il éprouvait à essayer de satisfaire cet homme à la poigne féroce et au regard enflammé – oui, voilà, et puis autre chose aussi, qui lui échappait parce que c'était à l'intérieur de lui, battant au rythme du sang dans ses veines.

Plus tôt ce soir-là, juste avant le dîner, l'un des sourds-muets (pas un, d'ailleurs, mais une : une nouvelle pensionnaire, arrivée le matin même, cheveux longs dans le dos, vêtue d'une lourde tunique dont les nombreux replis dissimulaient ses jambes ainsi que cette autre chose, cette puissante et charnelle énigme qu'il devinait tout comme il savait flairer la présence d'un animal dans le silence d'un vallon ou encore une truffe ou une taupe enfouie dans un recoin de terre détrempée) s'était approché de lui dans le couloir près de sa chambre, et lui avait tendu la main. Elle voulait lui donner quelque chose, une douceur, petite et sucrée, sortie du four, mais il n'aimait pas ce genre de nourriture et la fit glisser de sa main d'un geste brusque. Le gâteau tomba par terre, là, entre eux. Elle retint sa respiration. Son visage changea. Et soudain elle le fusilla du regard, se mit à gesticuler des bras et des coudes, à plier, tendre et contorsionner ses doigts en une folle pantomime, et il recula. Mais quand elle se pencha pour ramasser le gâteau, il s'approcha par-derrière et mit ses mains là, à l'endroit où ses jambes se rejoignaient sous la tunique, sans savoir ce qu'il faisait ni pourquoi.

Mais ce ne fut pas sans conséquences. Elle sursauta comme si elle s'était fait piquer, et dans le même mouvement fit volte-face pour lui griffer le visage ; il ne comprit pas, se défendit en la frappant, et soudain elle poussait une plainte animale, dont l'écho se répercuta dans les couloirs jusqu'à ce qu'un homme surgisse, la veste enfilée de travers et le visage figé dans cette expression menaçante que Victor ne connaissait que trop bien, alors il se recroquevilla tandis que l'homme l'attrapait avec rudesse et tonnait d'une voix brutale et horrible qui elle aussi rebondissait sur la pierre des murs. Tout ce bruit, tout ce fracas, et pourquoi ? Les dents serrées, les sons hachés, projetés avec violence, chaque syllabe résonnant comme un coup, pourquoi, pourquoi ? Il y avait aussi la douleur physique causée par cette poigne enragée, et n'importe quelle créature l'aurait ressentie, n'importe quel chien qu'on saisit par le col, mais ce n'était rien comparé à cette autre douleur, plus profonde – car cet homme, c'était celui qui exigeait tant de lui, et qui le serrait dans ses bras, le réconfortait, le récompensait de bonnes choses à manger quand il obéissait, et le voir ainsi transformé était un choc. Victor pensa à la fenêtre – et au placard dans lequel il s'était retrouvé enfermé chaque fois qu'il se montrait récalcitrant, durant les premiers mois de son apprentissage – et il n'opposa aucune résistance quand l'homme le ramena dans sa chambre en le traînant sur le sol et le jeta dans le placard. Alors, quand vint l'heure du coucher, qu'il entendit les pas de l'homme se rapprocher dans le couloir, la clé tourner dans la serrure, et la porte du placard s'ouvrir enfin, Victor décida qu'il n'y aurait pas de réconciliation, qu'il ne tendrait pas les bras pour se faire câliner comme les autres fois, et à la tombée de la nuit, il se cacha dehors près de l'entrée, il guetta le bruit des sabots et du souffle des chevaux, le grondement des roues, le grincement des gonds, et il se glissa par le portail ouvert.

Dans la nuit sans limites, il avait d'abord ressenti une immense exaltation, et il s'était éloigné de la muraille avec une hâte fébrile ; il y avait dans l'air, si pollué fût-il, un parfum qui le ramenait à sa vie d'avant, quand l'existence n'était entachée de rien et n'obéissait qu'à l'empire partagé du plaisir et de la douleur. D'instinct, il demeurait tapi dans l'obscurité, à l'abri du bruit de tonnerre des carrioles, des gens partout qui émergeaient de la brume comme des spectres, des éclats de voix, des hurlements, des sabots battant le pavé, et des chiens – comme il les haïssait ! – qui remuaient dans les allées et grondaient derrière les clôtures. Il se laissait porter par cette énergie, cette sensation nouvelle. Ses chaussures lui meurtrissaient les pieds ; il les enleva et les abandonna dans une ruelle, deux jolis souliers de cuir, l'un devant l'autre comme si quelque créature ailée l'avait arraché du sol en pleine course. Une pluie fine se mit à tomber. Il rebroussa chemin pour éviter un groupe d'hommes qui braillaient et faisaient rouler leurs voix terribles, il partit en courant, bifurqua de nouveau, et se retrouva perdu. Il pleuvait à verse maintenant. Il se réfugia derrière un buisson et se mit à frissonner. Toute son excitation était retombée.

Quand il se réveilla, plus rien ne bruissait dans la nuit que le sifflement de la pluie dans les arbres et le murmure de l'eau dans les gouttières. Il ne savait pas où il était, qui il était, et si quelqu'un était venu le chercher sous le buisson en l'appelant Victor – si Madame Guérin était apparue à cet instant, tablier noué autour de la taille, visage tendre, mains tendues vers lui, pour le faire sortir de sa cachette –, il n'aurait pas reconnu son propre nom. Il avait froid et faim, il était seul. Comme avant, dans les bois de la Bassine, dans les hautes plaines glaciales de Roquecezière, mais ce n'était pas la même chose à présent ; à présent, ce n'était plus seulement de nourriture qu'il était affamé. Il changea de position, essaya de se pelotonner dans ses vêtements humides du mieux qu'il put. Son visage était à moitié recouvert de boue. Il avait la plante des pieds zébrée d'écorchures à vif. Il était secoué de frissons à en avoir mal au cœur.

À l'aube, un homme en uniforme l'aperçut roulé en boule à côté du buisson et le tâta du bout luisant de sa botte. Il s'était égaré, évadé dans ses rêves, et se réveilla dans un sursaut de panique. L'homme – le gendarme – dit quelque chose, aboyant en rafale une poignée de mots comme un roulement de tambour, mais quand il voulut attraper l'enfant par le bras, il manqua de justesse sa cible. Soudain Victor courait, les pieds meurtris par les pavés, et le gendarme se lança à sa poursuite mais fut bientôt distancé, freiné par la pluie et le brouillard, et Victor se retrouva, assis sous un arbre, à contempler le grand tohu-bohu du fleuve en contrebas. À moins d'un kilomètre de là, Itard et les Guérin arpentaient les rues à sa recherche et arrêtaient les passants – l'avait-on aperçu ? un garçon de quinze ans, le nez pointu, les cheveux ras couleur de terre, chemise et veste bleues, l'enfant sauvage échappé de l'Institution des sourds-muets ? Les gens leur répondaient d'un regard confus. Itard leur tournait le dos et appelait : « Victor, Victor ! », d'une voix ferme et insistante, tandis que celle de Madame Guérin devenait toujours plus plaintive et étranglée.

La ville s'éveillait, surgissant dans le jour. On allumait des feux. Bruits de pâte crue que l'on plonge dans l'huile bouillante, d'œufs que l'on casse, de poissons que l'on évide. Bruits de la civilisation en marche. Victor demeurait assis sous la pluie et se palpait tout le corps, la chose qui durcissait entre ses jambes, le lourd paquet de chair qui lui ceignait prodigieusement le ventre ; puis il se redressa et laissa son flair le guider jusqu'à un portail ouvert, de l'autre côté de la rue, et la petite cour derrière où fleurait une odeur de viande grillée. La pluie y était moins forte, retenue prisonnière par un auvent. Il y avait des pavés au sol. Il aperçut une femme qui s'affairait derrière une fenêtre entrouverte pour laisser passer un filet d'air ; il s'avança jusqu'au rebord et resta là, à la regarder manipuler la poêle et retourner la viande, dont le fumet se glissait vers lui comme pour lui parler. Elle ne le remarqua pas tout de suite ; mais quand elle vit enfin ce visage boueux à sa fenêtre, cette frange de cheveux mouillés et ces yeux noirs fixés sur ses fourneaux, les flammes, la longue fourchette à deux dents qu'elle faisait danser dans ses mains, elle rougit de colère et se mit à aboyer. Puis elle disparut soudain, pour réapparaître aussitôt par une porte qu'il n'avait pas vue. Elle postillonna encore quelques invectives sous la pluie – et puis le chien surgit, crocs et griffes en avant. Victor se remit à courir.

Mais les quatre pattes de l'animal étaient plus rapides que ses deux jambes, et à peine avait-il regagné la rue que les mâchoires du chien se refermaient sur lui, sur sa jambe droite, à l'endroit juste sous la fesse où commence le long muscle de la cuisse. La bête s'y accrocha en poussant ses grognements rageurs, et il savait qu'il devait rester debout, rester en surplomb de l'animal et ne pas fléchir, ne pas tomber entre ses crocs. La lutte les projetait de côté et d'autre ; le chien ne relâchait sa proie que pour mieux revenir à la charge, le sang brillait sur son museau noir, et l'enfant cognait des deux poings sur l'enclume de son crâne, puis quelque chose céda en lui et il se mit à jouer des crocs à son tour, se saisissant de l'oreille de la bête d'un coup de dents. Alors les grognements se muèrent en une plainte aiguë, en jappements paniqués et stridents qui n'étaient pas ceux d'un animal domestiqué, mais l'enfant tint bon et, quand il se détacha de la tête d'enclume furibonde et laissa s'enfuir le chien, l'oreille lui resta dans la gueule. Goût de poils, de chair, de sang. Les gens dans la rue le regardaient. Un homme accourut. Un autre prit Dieu à témoin – exclamation banale, mais Victor ne connaissait ni Dieu ni témoin. Pour la première fois depuis longtemps, depuis des temps immémoriaux, il mastiqua sans se préoccuper de rien d'autre, puis, sans cesser de mâcher, il tourna les talons et se mit à trotter, le pantalon déchiré, la cuisse poisseuse de sang tiède.

Il ne pensait à rien. Ni à Madame Guérin, ni au placard à provisions, ni à Itard, ni à la fille qui lui avait offert ce petit gâteau dans le couloir sombre et familier devant la porte de sa chambre, et il ne pensait pas non plus à sa chambre, ni au feu, ni à son lit. Il marchait, il sentait ses pieds gonfler de douleur, cette nouvelle brûlure irradier la chair de sa cuisse, il boitait, il traînait la patte et il avançait collé aux murs. Tout ce qui avait existé avant ce moment avait disparu. Il continua à marcher ainsi, à tourner autour du même pâté de maisons, la tête basse, les épaules rentrées, sans fin, sans but.

Itard, épuisé, s'était endormi lorsqu'un des sourds-muets qu'il avait envoyé poursuivre les recherches vint lui rapporter une paire de souliers en cuir éraflés. Le garçon – du même âge que Victor, maigre, les yeux clairs, les cheveux coupés trop ras par le barbier incompétent de l'Institution – parlait couramment le langage des signes et put expliquer à Itard où il avait trouvé les chaussures, l'y conduire, et même lui indiquer dans quelle direction elles pointaient. Itard était accablé. Il en avait la nausée. Les souliers – il les tournait et les retournait dans ses mains – étaient usés jusqu'à la corde, le cuir tout élimé par endroits, rongé par l'enfoncement des orteils, la démarche tordue de Victor. Il n'y avait aucun doute. Ces souliers, ces deux morceaux de cuir – il les reconnaissait comme il aurait reconnu ses propres bottes.

Les pavés étincelaient, polis par la pluie. Les pigeons s'abritaient sur le rebord des fenêtres et sous les auvents. Itard se pencha pour effleurer de la main l'endroit qu'indiquait le garçon, puis suivit des yeux la petite allée trempée, au fond de laquelle les murs semblaient se refermer sur eux-mêmes. Il eut peur, tout à coup. L'expérience était terminée. Victor était parti et ne reviendrait plus.

Il se releva et s'engagea à pas vifs dans l'allée, suivi par le sourd-muet, et il essayait d'imaginer Victor en train de se faufiler à travers la ville, guidé par ses oreilles et son nez, se débarrassant de ses guenilles comme d'un joug, longeant les rives de la Seine jusqu'à ce que les champs s'ouvrent devant lui à perte de vue, bordés de ravins et d'arbres touffus. Il ne se demandait pas ce que l'enfant allait bien pouvoir manger, maintenant qu'il était habitué à dépendre d'autrui et à se repaître ; il ne pensait qu'aux yeux de Victor, à ses dents, à sa manière de s'accroupir pour attraper une grenouille ou un escargot et l'enfourner entre ses mâchoires – oui, et comment ferait-il à présent ? À quoi lui serviraient désormais les heures infinies passées à s'exercer, à reconnaître des formes, des lettres, à s'extraire des voyelles du fond du larynx ? Tout cela n'était rien. La vie n'était rien. Il avait – lui, Itard, qui se faisait une idée si grandiose de lui-même, de son pouvoir, de la force inébranlable de sa volonté – il avait échoué.

Ils émergèrent, au bout de l'allée, dans une rue sinueuse et humide, grouillante, où s'entrechoquaient les gens et les paquets qu'ils traînaient, portaient et serraient contre eux comme si le moindre morceau de pain, de saucisse ou de paraffine leur était aussi précieux que la vie même – impossible de le retrouver ici, impossible ; il pensa à la chambre de Victor, vide, et fut alors traversé au même instant, comme par le tranchant d'une double lame, par la douleur de la perte et une brutale impression de libération. C'était terminé. Fini. Fini les heures de travail, fini les exercices, fini l'échec, la frustration, l'acharnement à se battre contre l'imbattable – il pouvait à présent reprendre le cours de ce qui lui restait de vie. Et pourtant non. Non. Le visage de Victor surgit devant ses yeux, le menton tremblant, le regard fuyant, les épaules voutées et cette lueur de fierté quand il replaçait une forme géométrique au bon endroit, et la honte l'envahit. Il repartit d'un pas penaud dans les rues ternes et fiévreuses, et rentra à l'Institution.

Mais Madame Guérin, elle, refusait d'abandonner. Elle passa les rues au peigne fin, les allées du jardin du Luxembourg où elle emmenait Victor en promenade, les cafés, les cavistes, les venelles cachées derrière l'échoppe de l'épicier et du boulanger. Elle interrogeait tous ceux qu'elle croisait, en leur montrant le portrait approximatif qu'elle avait réalisé de l'enfant avec un morceau de charbon, un soir qu'il se balançait devant le feu à surveiller ses pommes de terre dans la braise ; elle alerta aussi ses filles et envoya le vieux Monsieur Guérin, tout claudicant, explorer les berges et guetter l'irréparable dans le lent et mortel charroi du fleuve. Enfin, trois jours après sa disparition, l'une des commerçantes qui fournissaient les cuisines de l'Institution vint lui dire qu'elle l'avait vu – ou du moins un garçon lui ressemblant – sur l'autre rive, en train de mendier au marché des Halles.

Elle se mit aussitôt en route, escortée par la bonne femme, d'un pas si précipité qu'elle était essoufflée avant même d'avoir atteint le pont, mais elle continua, les tempes bourdonnant de sang et le visage empourpré. Il faisait une chaleur suffocante, les rues étaient criblées de flaques d'eau, le fleuve était gris et lourd comme de la pierre. Sa robe et ses sous-vêtements étaient trempés de sueur quand elles arrivèrent sur la place du marché, et là, bien sûr, aucune trace du garçon. « Là !

s'écria soudain la bonne femme. Là-bas près de l'étal du fleuriste, il est là ! » Madame Guérin sentit son cœur bondir dans sa poitrine. Il était assis par terre sous une carriole, occupé à ronger quelque chose qu'il tenait dans ses deux poings serrés ; un garçon à la chevelure noire épaisse et hirsute, affaissé comme un pantin. Elle courut vers lui, prête à crier son nom. Mais quand elle l'eut rejoint, quand elle arriva à sa hauteur et se pencha sur lui, elle vit qu'elle s'était trompée – ce corps d'épouvantail affamé et décharné, ces yeux hostiles qui se levaient sur elle, ce n'étaient pas ceux de Victor. Tout à coup ses jambes ne la portaient plus ; elle dut s'asseoir un moment sur un tabouret et boire un verre d'eau avant de pouvoir même songer à remercier la marchande et rentrer à l'Institution.

Elle avançait d'un pas lent et posé, les yeux rivés au sol pour éviter de salir ses chaussures en marchant dans une flaque d'eau, et elle essayait de contrôler son chagrin, de ne pas céder à l'accablement – il reviendrait, elle en était sûre, et s'il ne revenait pas, eh bien elle avait toujours ses filles, son mari, son chat, et puis ce n'était rien après tout, ce garçon, rien qu'un pauvre enfant sauvage, irrécupérable, qui n'aurait pas su prononcer deux mots même si sa vie en avait dépendu – quand soudain, relevant les yeux pour éviter un petit monsieur qui marchait d'un pas nerveux avec une canne, elle aperçut Victor. Il était de l'autre côté de la rue ; les carrioles passaient en trombe devant lui, les épaules et les têtes flottant à la surface de la foule l'empêchaient de le voir, tout Paris semblait s'être ligué pour les séparer, pour le lui reprendre, et quand elle traversa la rue pour le rejoindre, elle ne regarda ni à gauche ni à droite, elle ignora les insultes du cocher qui brandit le poing et le violent coup de sabot que donnèrent ses chevaux pour freiner, car plus rien n'avait d'importance à présent, plus rien ne comptait à part Victor.

Il y eut un moment suspendu ; l'enfant ne réagit pas. Il demeura là, appuyé contre la façade du bâtiment qui s'élevait dans son dos, renfrogné de terreur et hagard. Elle vit combien il avait souffert, elle vit les paquets de boue dans ses cheveux, les habits déchirés, le sang sur son pantalon. « Victor ! » s'écria-t-elle avec force, avec colère. Mais à quoi songeait-il ? Que faisait-il ? « Victor ! »

Ces deux syllabes semblèrent le foudroyer comme si elles s'étaient soudain changées en un objet solide, attaché à une pierre qu'on eût jetée du ciel sur sa tête. Il tomba à genoux et se mit à sangloter. Il essaya de parler, de l'appeler, mais rien ne sortit de sa bouche que des gémissements saccadés ; enfin il s'arracha au sol pour franchir tel un pénitent les derniers pas qui le séparaient d'elle, s'agrippa à sa robe, et ne la lâcha plus.

★

Pendant ce temps, Itard était rentré dans ses quartiers et faisait travailler un jeune garçon muet et pratiquement sourd. Il s'appelait

Gaspard, il avait le même âge que Victor ; blond, costaud, souriant et docile, il avait fait de grands progrès depuis qu'il était arrivé à l'Institution, l'année précédente, de son petit village de Bretagne. Il savait désormais communiquer par signes et maîtrisait les exercices destinés à lui permettre d'associer un objet, sa représentation graphique et le mot écrit lui correspondant. Depuis un mois, Itard s'employait à lui faire prononcer le son de ces mots avec son palais, ses lèvres, sa langue et ses dents, et le garçon commençait à lier entre eux de menus fragments sonores pour former des syllabes compréhensibles, ce dont Victor, en deux ans et avec une ouïe pourtant parfaite, n'avait jamais été capable. Pour Itard, c'était un mystère ; il refusait toujours de penser que Victor était mentalement déficient – il avait passé trop de temps avec lui, il l'avait trop regardé au fond des yeux pour croire une telle chose. Quoi qu'il en soit, il faisait donc travailler Gaspard tout en songeant à Victor, à Victor égaré, errant dans la grande ville, à la merci des brigands et des invertis, lorsque Monsieur Guérin vint l'avertir qu'on avait retrouvé le garçon.

Itard bondit de son bureau si vivement qu'il en renversa sa lampe, et si Gaspard n'avait pas fait preuve de présence d'esprit et d'agilité, toute la pièce aurait pu prendre feu.

« Où ça ? demanda Itard. Où est-il ?

— Avec Madame. »

Quelques instants plus tard, l'odeur de la lampe à huile encore accrochée à ses narines et à ses vêtements, Itard était à l'étage du dessous, chez les Guérin, auprès de Victor qu'il avait trouvé immobile dans son bain, se laissant frotter et savonner par Madame Guérin. L'enfant refusait de le regarder. Il ne levait même pas les yeux. « Pauvre petit, dit Madame Guérin en tournant la tête pour s'adresser au médecin. Il s'est fait mordre par un animal et il est tout crasseux. » De la vapeur se dégageait du bain. Deux grands pots attendaient sur le réchaud.

« Victor, tu as été vilain, très vilain », dit Itard en s'interdisant de laisser percer son soulagement dans sa voix, car il lui fallait être ferme, comme son propre père, qui ne passait rien aux enfants. Surtout une chose pareille. S'enfuir comme s'il n'était pas chez lui ici, comme si on ne l'avait pas traité avec attention, avec affection même – et si ce n'était pas ici, chez lui, où était-ce donc ? « Victor ! » Il haussa le ton. « Victor, regarde-moi. »

Aucune réaction. Le visage du garçon était un bloc de béton vissé dans l'eau, protégé derrière le rideau de ses cheveux, les yeux dans le vague.

« Victor ! Victor ! » Itard s'était avancé jusqu'à la baignoire ; les deux mains agrippées au rebord, il était soudain envahi par la colère, une colère aussi forte que l'avait été son émotion quand Monsieur Guérin était venu lui apporter la nouvelle. Qu'est-ce qui avait changé ? Où était le problème ? Il voulait que l'enfant le reconnaisse, rien de plus. Était-ce trop demander ? « Victor ! »

Il n'aurait pu en jurer, à cause de l'eau du bain et de la vapeur, mais il lui sembla que les paupières du garçon étaient humides. Il pleurait ? Il était donc capable d'émotions ?

La voix de Madame Guérin brisa le silence. « Je vous en prie, monsieur le Docteur – vous ne voyez pas qu'il est bouleversé ? »

★

Dès le lendemain matin, à la première heure – même s'il y avait là quelque chose de pervers, même si c'était précisément cette inflexibilité qui avait peut-être provoqué la crise –, Itard se remit au travail avec Victor, et deux fois plus dur qu'avant. Un principe élémentaire avait été réaffirmé pendant le bain de la veille, l'ordre des choses avait été rétabli : il était le père, Victor était le fils, et il était bien décidé à tirer parti de cette situation tant qu'il le pourrait. Il avait été témoin de l'influence positive qu'avaient eue sur Gaspard et d'autres sourds-muets ses méthodes et celles de Sicard ; il recommença donc à soumettre Victor aux mêmes exercices qu'avant, avec des objets et des mots écrits sur des pancartes en carton. Au début, Victor fut incapable de faire le lien comme il avait fini autrefois par y parvenir, mais au fil des mois, une sorte de transformation intellectuelle s'opéra, et l'enfant réussit enfin à maîtriser une trentaine de mots – non pas oralement, toutefois, mais sous forme écrite. Itard lui montrait une pancarte où était marqué BOUTEILLE ou LIVRE, et Victor, qui voyait là une espèce de jeu, sortait de la pièce, grimpait jusque dans sa chambre et en rapportait à son maître l'objet demandé, sans jamais se tromper. C'était un tournant décisif. Et au terme d'incessantes répétitions, avec d'innombrables bouteilles et d'innombrables livres, papiers, crayons et souliers, il parvint même à généraliser, à comprendre que le mot écrit ne renvoyait pas exclusivement à tel ou tel objet spécifique situé dans sa chambre, mais à toute une catégorie d'objets similaires. Il était donc prêt, se dit Itard, pour l'ultime phase, celle qui lui permettrait de faire le grand bond du mot écrit au mot parlé, celle qui, mobilisant toutes ses facultés, le rendrait pleinement humain pour la première fois de son existence.

Pendant l'année qui suivit – une année entière, avec ses nuages passagers et ses pluies intermittentes, ses chutes de neige, ses arbres en fleurs et ses bourgeons –, Itard lui fit subir le même entraînement qu'à Gaspard : face à face, il manipulait les muscles de son visage pour qu'il éprouve toutes les expressions dont il était capable, insérant par exemple ses doigts dans sa bouche pour faire bouger sa langue, puis laissant le garçon faire de même dans sa bouche à lui, pour qu'il sente tous les mécanismes qui se mettaient en marche quand il parlait. Ils reprirent les voyelles, abordèrent les consonnes, s'essayèrent aux plus simples phonèmes. C'était un travail lent. « Va me chercher le livre, Victor », disait Itard, et Victor le regardait d'un air absent. Itard se levait alors et traversait la pièce pour aller prendre le livre en pointant l'enfant du doigt. « Dis-le-moi, Victor. Dis-moi que tu veux le livre. Le livre, Victor. Le livre. »

Cependant, chaque fois qu'un courant d'air faisait ondoyer les rideaux, que la lumière du jour s'assombrissait de nuages, ou qu'un éclair fendait le ciel, Victor se précipitait à la fenêtre, interrompant la leçon même au moment le plus crucial, sourd à toutes les remontrances. Il avait pris du poids. Il avait gagné en taille, de cinq centimètres, et en force. De plus en plus il ressemblait à un homme – plutôt petit, certes, et le visage encore lisse comme celui d'un enfant, mais un homme en devenir tout de même. On voyait les poils étendre leur ombre sous ses bras et autour du pubis, et sur sa lèvre supérieure se devinait l'esquisse transparente d'une fine moustache. Il se déconcentrait plus souvent qu'auparavant, il avait même des absences parfois ; le regard fixe, il murmurait en se balançant comme à l'époque où il sortait tout juste des bois. Il semblait aussi de plus en plus agité, et à mesure que son corps changeait, il devenait de plus en plus difficile.

Après l'altercation avec la jeune sourde-muette, les incidents préoccupants se multiplièrent. Si Victor, aux yeux d'Itard, était incapable de faire du mal aux autres enfants, garçons ou filles, il outrepassait régulièrement les bornes de la décence, si bien que Sicard commença à craindre qu'il n'exerce sur les autres pensionnaires une influence immorale. Il n'avait pas tort. Il n'avait pas plus de pudeur qu'un lièvre arctique ou qu'un grand singe d'Afrique à l'état sauvage, et dès que l'envie lui en prenait, il exhibait son pénis et se masturbait, dans n'importe quelle situation et devant n'importe qui (ce dont l'abbé, Dieu merci, n'était pas encore au courant à ce stade). Il se frottait contre les gens de la manière la plus inconvenante, hommes et femmes indifféremment. Il avait pris l'habitude, en se réveillant le matin, d'enlever son pantalon et parfois même ses sous-vêtements. Aucune mesure de rétorsion, aucune punition ne semblait pouvoir lui inculquer la moindre pudeur.

Un jour que Madame Guérin recevait la visite de ses trois filles et qu'ils étaient tous allés pique-niquer dans les jardins de l'Observatoire – les Guérin, Itard et Victor –, il s'approcha avec une tendresse maladroite de Julie, sa préférée. Il était habitué à sa présence, car elle venait souvent voir sa mère – « Li, Li ! » s'écriait-il quand elle entrait dans la pièce – et elle semblait éprouver une réelle affection pour lui, non pas simplement par égard pour sa mère, mais parce que c'était une jeune fille au grand cœur et pleine de compassion. Ce jour-là, cependant, à peine avaient-ils étendu la nappe et ouvert le panier que Victor s'emparait de la moitié des sandwichs et courait se réfugier avec son butin derrière un bosquet. C'était là son comportement habituel – malgré tous les efforts prodigués pour le civiliser, l'humaniser, il n'avait toujours pas appris à montrer un tant soit peu de considération pour quiconque à part lui-même, et les notions de pitié, de fraternité ou de générosité lui demeuraient étrangères – mais cette fois-ci, il se passa autre chose. Quelques instants plus tard, il revint d'un pas louvoyant auprès du groupe, tout barbouillé de miettes de thon et de sauce, et se mit à caresser les cheveux d'une des trois sœurs, puis d'une autre, les doigts tremblants ; l'une après l'autre, il posait ensuite la tête sur leurs genoux, se relevait et les saisissait par la nuque, d'une main à la fois douce et ferme. Elles l'ignorèrent ; il parut vexé et recula d'un mouvement bizarre. Julie était la plus patiente des trois ; Victor lui réserva les mêmes attentions qu'à ses sœurs, mais ensuite, d'un geste dont Itard ne l'eût pas imaginé capable, il prit la jeune fille par la main, l'obligea à se lever et la conduisit jusqu'au bosquet où il avait caché ses victuailles.

Les deux autres sœurs se regardèrent d'un air entendu et échangèrent les commentaires les plus osés qu'elles pussent se permettre en présence de leurs parents ; Madame Guérin étouffa un petit rire gêné, tandis que son stoïque et patriarcal époux, dont le soleil commençait à roussir l'énorme nez, se concentrait sur son sandwich. « Il semblerait que notre sauvage n'est pas insensible aux charmes du beau sexe, fit remarquer Itard. Et comme on le comprend... » Tous les regards – sauf ceux de Monsieur Guérin – étaient tournés vers le bosquet pailleté de soleil et agité de bruissements. Intrigué, le sourcil levé pour signifier aux autres que cette scène l'amusait plus qu'elle ne l'inquiétait – ce qui, sachant la conception très particulière qu'avait Victor des convenances, n'était bien sûr pas le cas –, Itard alla voir de plus près ce qui se passait.

Victor, le visage exsangue et figé, appuyait doucement sur les genoux de Julie comme s'il avait entre les mains deux boules de cire malléable qu'il essayait de modeler, tout en gesticulant vers son trésor – les quatre ou cinq sandwichs, déjà déchiquetés, qu'il avait soigneusement disposés sur un lit de feuilles arrachées au bosquet. Julie faisait de son mieux pour paraître intéressée, mais on voyait bien qu'elle était mal à l'aise ; elle laissa Victor lui caresser les cheveux et lui pétrir les genoux quelques minutes encore, puis lui dit avec un grand sourire : « Allons, Victor, ça suffit. Je veux retourner auprès de Maman à présent. »

Victor eut l'air affligé quand Julie, dans un tournoiement de jupes odorantes, se leva et partit rejoindre le groupe. « Li ! gémit-il d'une voix éplorée en effleurant le carré d'herbe aplatie où elle s'était assise, Li ! Li ! » Puis, d'un geste de désespoir, il tendit dans sa main, telle l'ultime offrande de son amour, les restes d'un sandwich à moitié dévoré.

Itard fut ému, bien sûr – c'était un être humain après tout. Mais comment lui enseigner les règles de la morale et du savoir-vivre, quand il n'arrivait même pas à lui inculquer celles du langage ? Victor était incapable de se formuler ses propres désirs, encore moins de les exprimer à autrui, et ses leçons semblaient l'éloigner chaque jour un peu de plus de l'objectif. Six mois passèrent. Un an. Victor recommença, comme jadis, à se rebeller, et ils avaient beau faire travailler ensemble leurs muscles du visage et leur langue, essayer encore et encore les mêmes mots, rien n'y faisait : il ne parvenait pas à les prononcer. Itard lui-même, dont la patience était pourtant d'airain, en vint à redouter leurs séances, jusqu'au jour inéluctable où il lui fallut bien se rendre à l'évidence : Victor régressait. Gaspard ne venait plus que par intermittence ; il avait été engagé comme apprenti chez un cordonnier, il savait lire, écrire et parler avec une certaine aisance. D'autres lui avaient succédé, qui apprenaient, s'épanouissaient puis prenaient leur envol à leur tour. Sicard, lui, se montrait de plus en plus impatient, tout comme le ministre de l'Intérieur, qui avait alloué une certaine somme à l'éducation de Victor et entendait bien que cet investissement rapportât d'une manière ou d'une autre les dividendes escomptés. Mais quelque chose clochait ; il y avait un obstacle que Victor ne semblait tout bonnement pas en mesure de franchir, et Itard, à regret, dut admettre que c'était là le résultat irrémédiable de toutes ces années d'aliénation, d'inhumanité et d'errance sans nulle voix humaine pour lui parler. Il commença à perdre espoir.

Puis un jour, un beau jour de printemps enivré par le parfum chaud et prometteur d'une brise venue du sud, Sicard apparut sur le seuil du bureau d'Itard. Devant recevoir un élève, celui-ci avait laissé sa porte entrouverte, et il leva des yeux surpris – jamais, depuis son arrivée à l'Institution, il n'avait reçu la visite de l'abbé, et le voilà qui surgissait tout à coup, serré dans sa soutane, le visage crispé, la bouche pincée. C'était mauvais signe, très mauvais signe assurément.

« Le Sauvage », éructa Sicard. Il était si hors de lui qu'il avait du mal à articuler.

Itard, inquiet, se leva de son bureau et alla

chercher une carafe d'eau et un verre. « Monsieur l'abbé, dit-il en commençant déjà à le servir, puis-je vous offrir un verre d'eau ? Voulez-vous... ? »

Sicard était entré dans la pièce. Il se frottait furieusement les paumes l'une contre l'autre et faisait voleter sa bure en tous sens. « Cet animal. Ce... Dieu ait pitié, mais il est incurable. Cet idiot. Ce dégénéré, ce... ce... »

Itard le regarda d'un air paniqué. « Mais qu'a-t-il fait ?

— Ce qu'il a fait ? Il a exhibé sa chair devant les jeunes filles de l'Institution, et devant sœur Jean-Baptiste, et... et... et il s'est touché comme l'un de ces crétins de Bicêtre – où est sa véritable place. Là ou en prison. » Il toisa Itard. Il fulminait, l'air s'engouffrait dans ses narines comme un roulement de tonnerre. On eût dit que ses yeux étaient sur le point d'éclater.

« Mais on ne peut pas l'abandonner.

— Je ne tolérerai pas qu'il corrompe cette institution, qu'il pollue l'âme innocente de ces enfants – nos pupilles, docteur, nos pupilles. Ou pire encore – imaginez, s'il cédait à ses instincts et passait à l'acte, hein ? Qu'arriverait-il alors ? »

Par la fenêtre ouverte, on entendait les cris des enfants qui jouaient dehors, le bruit d'un ballon qui rebondissait, de corps qui se heurtaient. Les rires. Les éclats de voix. Des enfants en train de jouer, rien de plus. Rien que le bruit d'enfants en train de jouer, et pourtant il en éprouva soudain une immense tristesse. Victor ne jouait pas. Victor n'avait jamais joué. Et Victor, à présent, n'était plus un enfant.

Itard avait tout essayé – ne plus lui donner de viande à manger, ni aucun autre aliment susceptible de provoquer chez lui une excitation contre nature ; lui faire prendre de longs bains à nouveau, dans l'espoir de le calmer ; et en cas d'agitation extrême, le saigner jusqu'à ce que sa tension baisse. Seules les saignées semblaient marcher, et encore, pendant quelques heures seulement. Soudain le visage de Victor surgit dans son esprit, là, devant lui, cette virgule de chair pâle affaissée dans un coin de la pièce, se balançant, se tripotant, cette lueur dans les yeux qui ramenait le monde entier à l'abîme ancestral d'où le premier homme civilisé s'était extirpé, une éternité plus tôt. « Il n'est pas comme ça, dit-il d'une voix brisée.

— Il est incurable. Inéducable. Il faut le renvoyer. »

Itard avait bien songé à une autre solution, mais il ne pouvait s'en ouvrir à personne, et surtout pas à l'abbé ou à Madame Guérin. Si l'on donnait à Victor la possibilité d'exprimer ses désirs charnels, de les assouvir comme doit le faire n'importe quel individu mâle à moins de perdre la raison, alors, peut-être, pourrait-on nourrir encore quelque espoir, car cette régression, cette incapacité à se concentrer et à retenir ses leçons – à parler comme un être humain – étaient sans doute, d'une façon ou d'une autre, liées à la frustration de ses besoins naturels. Itard envisagea de recourir aux services d'une prostituée. Pendant des mois il tourna et retourna cette idée dans sa tête, mais il finit par s'apercevoir qu'il ne pouvait pas faire une chose pareille – arracher un enfant à la barbarie du monde sauvage, soit ; l'étudier comme un spécimen scientifique, éduquer ses sens et son esprit, fort bien ; mais se prendre pour Dieu ? Nul homme n'avait ce droit.

« Nous ne pouvons pas faire cela, insista-t-il. C'est un pupille de la nation. Nous sommes responsables de lui. Nous l'avons tiré des bois, nous l'avons civilisé, nous ne pouvons pas à présent l'abandonner et nous en laver les mains...

— Civilisé ? » Sicard avait écarté les pieds comme s'il s'apprêtait à s'accroupir pour mieux poursuivre ses réflexions. Il avait refusé de s'asseoir, refusé le verre d'eau. Il ne voulait qu'une seule chose. « Cette affaire n'est plus de votre ressort.

— Et le ministre de l'Intérieur ? Le rapport que je dois lui rédiger ?

— Votre rapport dira que vous avez échoué. Malgré vos efforts méritants, ajouta l'abbé d'une voix plus douce. Je suis sensible à l'énergie que vous avez déployée à l'occasion de cette expérience, nous le sommes tous – mais je vous l'ai dit voici plusieurs années et je vous le redis aujourd'hui : laissez tomber. C'est un idiot. Un animal. Répugnant. Il ne mérite que d'être enfermé. » Sicard leva le verre d'eau comme pour en examiner la transparence, puis le reposa. « Et castré.

— Castré ?

— Comme un chien. Ou un taureau.

— Et devrions-nous aussi lui passer un anneau en travers du nez ? »

L'abbé demeura longtemps silencieux. Un coup de vent souleva les rideaux. Un rai de lumière dorée comme de l'orge vint frapper le sol, juste à ses pieds. Et enfin, se raclant la gorge et haussant la voix pour couvrir les cris des enfants, il dit : « Je ne vois pas ce qui nous en empêche. Très franchement, je ne vois pas. »

8

Le rapport, le fatidique rapport que rédigea Itard à l'intention du ministre de l'Intérieur, fut pour lui un calvaire dont chaque mot le crucifia et lui arracha des larmes. C'était l'aveu de cinq années de vie gâchées – la sienne et celle de Victor – à essayer d'atteindre l'impossible et, au final, malgré ses certitudes, sa confiance et ses promesses répétées, l'aveu de son échec. Au bout du compte, il avait compris que l'abandon de Victor avait eu sur lui des conséquences irrémédiables – qu'il était, comme avait dit Sicard, « inéducable ». Dans l'intérêt de la science, et dans une moindre mesure pour justifier son entreprise, Itard énuméra ces conséquences : « 1. Par suite de la nullité presque absolue des organes de l'ouïe et de la parole, l'éducation de ce jeune homme est encore et doit être à jamais incomplète ; 2. Ses facultés intellectuelles se développent d'une manière lente et pénible, et n'atteindront jamais le développement qu'on observe dans les enfants élevés en civilisation ; 3. Ses facultés affectives se trouvent subordonnées, dans leur application, à un profond sentiment d'égoïsme et à l'impossibilité dans laquelle il est de satisfaire les besoins de ses sens. »

Sa plume crissait sur la page comme si elle avait été faite de plomb ; tous les moments d'espoir qui avaient jalonné l'expérience – les progrès rapides de Victor durant les premiers mois, son premier mot, la trouvaille de son nom, le jour où il était enfin parvenu à reconnaître les mots écrits – lui revenaient en mémoire puis s'abîmaient aussitôt dans le désespoir. Il lui fallut plusieurs jours, et plusieurs pots de café, pour commencer à comprendre que, dans son échec, il avait tout de même obtenu certains succès, si modestes fussent-ils. Victor, se disait-il, ne devait pas être comparé aux autres enfants, mais seulement à lui-même – il n'avait, au début, pas plus de raison qu'un végétal, et rien ne le distinguait d'une plante sinon sa capacité à se mouvoir et à produire des sons. Il était alors le Sauvage de l'Aveyron, un homme-animal ; aujourd'hui, il était Victor, un jeune homme qui, malgré ses limites, avait appris à se rendre utile à la société, du moins à la société de ses tuteurs, Monsieur et Madame Guérin, pour qui il était non seulement capable mais désireux d'accomplir certaines tâches ménagères, couper du bois ou dresser la table par exemple, et son éducation avait fait naître en lui les rudiments d'une sensibilité morale.

Des rudiments. Il n'avait aucune pudeur, pas plus que n'en avaient Adam et Ève avant l'arrivée du serpent dans le jardin d'Éden, et comment lui en faire grief ? Les leçons les plus difficiles auxquelles Itard avait cru bon de le soumettre avaient sans doute été celles qui devaient l'ouvrir à des horizons plus vastes que lui-même, l'amener à comprendre que les autres aussi avaient des désirs et des émotions, lui faire éprouver ces sentiments jumeaux que sont la pitié et la compassion. Très tôt, alors que Victor en était encore à chaparder sa nourriture pour la dévorer dans sa chambre, Itard avait essayé de lui enseigner la Règle d'Or de la manière la plus simple et directe possible – chaque fois que l'enfant volait un morceau de choix dans l'assiette de son maître ou du vieux Monsieur Guérin, Itard attendait le bon moment pour voler à son tour quelque chose à Victor ; il était même allé jusqu'à se glisser dans sa chambre en son absence pour lui dérober ses réserves de patates, de pommes et de quignons de pain à moitié mâchouillés. Victor avait réagi avec violence, au début. Dès qu'il voyait que sa part de pommes frites ou de haricots avait disparu de son assiette – pour atterrir dans celle de son maître –, il se mettait dans une colère noire, se roulait par terre et hurlait de rage et de douleur. Madame Guérin désapprouvait cette méthode. Itard demeurait inflexible. Avec le temps, Victor finit par apprendre – il ne se servait plus dans l'assiette des autres, il ne volait plus les objets qui attiraient sa convoitise mais ne lui appartenaient pas, la boucle dorée d'un soulier par exemple, ou la boule de verre transparente dont se servait Itard comme presse-papiers – mais le médecin ne savait pas si c'était parce qu'il avait acquis la notion, même vague, de la justice, ou simplement parce qu'il craignait les représailles, à la manière du plus commun des criminels.

C'est ce doute qui poussa Itard, au cours de la troisième année de l'éducation de Victor, à soumettre son jeune élève à la plus rude leçon qu'il dût jamais retenir. Ce jour-là, ils avaient révisé les formes géométriques pendant des heures, et Victor, qui avait fait preuve d'une remarquable docilité, s'attendait à recevoir les félicitations et les récompenses dont ne manquait jamais de le gratifier son maître à la fin d'une séance éprouvante. Le soleil pâlissait dans le ciel. Derrière la fenêtre, la clameur des sourds-muets dans la cour annonçait l'heure libératrice du dîner. Un parfum de viande qui mijote. Depuis plusieurs minutes, Victor jetait à son maître des coups d'œil pleins d'espoir, attendant avec impatience la fin des exercices et le moment de la récompense. Mais Victor ne fut pas récompensé. Il fut puni. Itard, d'une voix tonnante, lui dit qu'il avait été vilain, très vilain, qu'il était maladroit, stupide et impossible. Il continua dans cette veine pendant un moment, puis se leva tout à coup, saisit l'enfant par le bras et le mena vers le placard où, durant les premiers temps de son éducation, il se retrouvait consigné chaque fois qu'il désobéissait.

Victor le regarda avec stupeur. Il ne comprenait pas ce qu'il avait fait de mal, pourquoi le visage de son maître était si rouge et grimaçant, sa voix si menaçante. Il se laissa conduire devant la porte du placard en poussant des miaulements plaintifs, mais quand

Itard voulut l'y faire entrer de force, Victor se retourna contre lui, furieux, le sang aux joues et les yeux brillants de colère, et pendant un long moment ils luttèrent, chacun essayant d'avoir le dessus. Victor était devenu plus corpulent, plus fort qu'avant, mais il ne faisait pas encore le poids face à un adulte, et Itard parvint à le pousser, pleurant et gémissant, dans le placard. La porte refusait de se fermer ; Victor l'en empêchait. Il avait coincé son pied dans l'embrasure et s'appuyait de toutes ses forces, mais il sentait qu'il était en train de perdre le combat ; alors, il se jeta en avant pour planter ses crocs dans la main d'Itard avant que la porte ne se referme et ne soit verrouillée d'un tour de clé. Ce fut un moment de grande émotion pour le docteur. Sa main le lançait – il lui faudrait soigner cette blessure – et l'enfant lui vouerait une haine farouche pendant quelques jours, et pourtant il était heureux : Victor savait ce qu'était la justice. Sa punition était imméritée, et il avait réagi comme l'eût fait n'importe quel être humain en pareilles circonstances. C'était peut-être une modeste victoire – le Sauvage de l'Aveyron, descendu de son arbre, aurait-il compris le concept illustré par cet épisode ? –, mais c'était la preuve que Victor était humain, et Itard ne manqua pas de le signaler dans son rapport. Cet enfant – ce jeune homme – méritait assurément l'attention de la communauté scientifique et la sollicitude bienveillante du gouvernement.

Le rapport faisait cinquante pages. Le ministre de l'Intérieur, à qui Sicard l'envoya accompagné d'une lettre louant les efforts d'Itard, le fit publier aux frais de l'État, et Itard obtint, dans une certaine mesure, la reconnaissance et la célébrité dont il avait rêvé. Mais l'expérience était terminée, officiellement, et les jours de Victor à l'Institution étaient comptés. Sicard milita pour son renvoi ; il écrivit au ministre qu'on avait toujours affaire, en dépit du travail admirable accompli par Itard, à un idiot incurable, et qui en outre représentait de plus en plus une menace pour les autres élèves. Cela prit du temps – des mois, des années de limbes et d'atermoiements – mais pour finir, le gouvernement accepta d'accorder à vie une bourse annuelle de cent cinquante francs à Madame Guérin pour s'occuper de Victor, assortie de cinq cents francs supplémentaires pour lui permettre de déménager, avec son mari et le garçon, dans une petite maison à deux pas de l'Institution, impasse des Feuillantines.

★

Victor éprouva-t-il une émotion quelconque à quitter le seul foyer qu'il eût jamais connu, la chambre qu'il avait si longtemps occupée, le jardin dont il avait parcouru les moindres recoins et connaissait par cœur tous les reliefs, chaque feuille, chaque brindille, chaque pierre ? Il n'en montra rien en tout cas. Il fut d'une aide précieuse pendant le déménagement, et découvrit sa nouvelle maison avec fébrilité : il se mit à quatre pattes, renifla chaque mur et examina en détail chacune des pièces, fasciné d'y retrouver des objets familiers – son lit et sa couverture, les poêles et les casseroles, les fauteuils où s'asseyaient les Guérin devant la cheminée. Le jardin était petit, mais au moins on n'y croisait nulle horde de sourds-muets, et il pouvait en toute quiétude s'y installer pour observer le ciel, couper et scier les stères de bois dont Madame Guérin avait besoin pour ses fourneaux, s'allonger au soleil avec le chat, Sultan, qui avec l'âge était devenu plus gras et massif que jamais. Et chaque jour, comme elle le faisait depuis des années, Madame Guérin l'emmenait se promener au parc.

Et Itard ? Itard venait leur rendre visite quand il le pouvait, les premiers temps du moins, et dès que Victor entendait sa voix, il se précipitait vers lui pour se faire serrer dans ses bras, et pour découvrir le cadeau – un sac de noix, une orange – que le docteur n'oubliait jamais de lui apporter. Victor avait plus de vingt ans à présent. Il était plus petit que la moyenne des jeunes gens de son âge – il avait conservé la taille d'un enfant –, mais son visage s'était allongé et un début de barbe lui ombrait les joues et la gorge, jusqu'à sa cicatrice. Quand il sortait en promenade, il trottait toujours de ce pas chaloupé inimitable, mais dans la maison et le jardin il semblait se traîner d'un endroit à l'autre tel un vieillard. Pour Itard, les Guérin étaient comme de vieux amis – presque des compagnons d'armes, avec qui il eût traversé la guerre – et Madame tenait à lui préparer un bon repas à chacune de ses visites, mais il y avait désormais, entre lui et son ancien élève, une sorte de gêne, et rien ne demeurait de leur ancienne complicité que cette brève étreinte quand arrivait le docteur. Qu'aurait-il pu y avoir d'autre ? Qu'auraient-ils pu se dire ? Victor parlait avec ses yeux, avec de vagues mouvements de la main, mais c'était là un langage qui n'intéressait plus Itard. C'était un homme très occupé, il était demandé partout, et sa gloire ne faisait que commencer. Peu à peu, ses visites s'espacèrent, puis cessèrent tout à fait.

Cependant les Guérin, à présent retraités de l'Institution, vieillissaient à vue d'œil – accablés par le temps, les semaines qui paraissaient des mois, les mois des années entières. Monsieur Guérin, qui avait dix ans de plus que sa femme, tomba malade. Victor rôdait devant la chambre où il était alité, ses yeux dénués d'expression, saisis d'incompréhension – c'est du moins ce qu'il semblait à Madame Guérin. Plus son mari avait besoin d'elle, plus Victor régressait. Il l'accaparait. Il tirait sur ses jupes. Il exigeait qu'elle vienne dans la pièce d'à côté lui préparer une assiette de frites à n'importe quelle heure de la journée, lui servir un verre de lait, lui masser les jambes ou simplement s'émerveiller avec lui d'une de ses découvertes, une araignée en train de tisser sa toile dans un coin du plafond, près de la cheminée, un oiseau perché sur le rebord de la fenêtre, qui avait disparu le temps qu'elle tourne la tête. Puis Monsieur Guérin disparut lui aussi. Victor posa des yeux hagards sur le cercueil et se recroquevilla pour fuir les visages inconnus qui se pressaient autour.

Le lendemain des funérailles, Madame Guérin ne sortit de son lit que tard dans l'après-midi, et Victor passa la journée à regarder par la fenêtre l'immeuble et la petite parcelle de terrain vierge de l'autre côté de la rue. Il but verre d'eau sur verre d'eau, le liquide originel, le liquide qui lui rappelait l'époque où il était libre et ne possédait rien, les yeux rivés sur les herbes hautes du jardin et les branches des arbres où jouait le vent. Quand la lumière du jour déclina, il alla ouvrir le buffet et dressa la table comme on le lui avait appris : trois bols, trois tasses, trois cuillères et les serviettes en tissu, repliées deux fois. Il entra dans la chambre de Madame Guérin en baissant la tête et s'approcha du lit ; elle avait le visage lourd, la peau cendreuse, le menton affaissé sur la poitrine et les yeux tirés par le chagrin. Il avait faim. Il n'avait pas été nourri de toute la journée. Le feu était mort, la maison froide. Il porta sa main droite à sa bouche, et à peine Madame Guérin avait-elle esquissé un mouvement qu'il la prit par la main et l'emmena dans la cuisine en pointant du doigt les fourneaux.

Dès qu'elle eut franchi la porte, il sut que quelque chose n'allait pas. Elle eut un léger recul, et il sentit son bras trembler contre le sien ; elle regardait la table, dressée pour trois. « Non, dit-elle d'une voix étranglée, coincée au fond de la gorge, non », et ce mot-là, il le comprenait. Ses épaules frémirent et elle se mit à pleurer, de faibles hoquets mouillés de douleur et de désespoir, et pendant un moment il resta là sans savoir que faire. Mais alors, avec autant de retenue et de prudence que jadis lorsqu'il traquait les bêtes cachées dans les herbes, il avança vers la table, prit le bol, la tasse, la cuillère et la serviette, et les rangea à leur place en silence.

Au cours des années qui suivirent, Victor ne quitta que rarement la maison et son petit carré de jardin serré entre les façades des immeubles adjacents. Madame Guérin perdit de ses forces et dut renoncer à l'emmener en promenade ; il se mit alors à passer des heures debout à la fenêtre ou allongé dans le jardin à regarder les nuages s'effilocher dans le ciel. Il n'avait plus aucun plaisir à manger, et pourtant il mangeait comme s'il était toujours affamé, comme s'il en était encore à errer dans la forêt de la Bassine le ventre vide et noué. Ses hanches s'épaissirent ; son visage aussi, jusqu'à le rendre méconnaissable. Personne ne savait. Personne ne s'en souciait. Il avait été la sensation de Paris, mais aujourd'hui tout le monde l'avait oublié, et avait oublié jusqu'à son nom – Victor. Madame Guérin elle-même avait cessé de l'appeler par son nom, elle ne parlait d'ailleurs presque plus, sinon à ses filles qui, prises dans le tourbillon et les passions de leur propre vie, venaient rarement la voir. Et ceux des citoyens de Paris qui gardaient un vague souvenir de lui, comme on se souvient des événements d'une génération passée ou d'une légende racontée tard une nuit au coin du feu, l'appelaient simplement le Sauvage.

Un matin, Sultan disparut comme s'il n'avait jamais existé, et un autre chat vint bientôt prendre sa place dans le fauteuil ou sur les genoux de Madame tandis qu'elle tricotait ou feuilletait sa bible d'un œil las. Victor le remarqua à peine. Le chat était une créature toute de muscles et d'organes. Il pourchassait des sauterelles le long du mur au soleil, mangeait dans une écuelle dans la cuisine, et à grands coups de langue lascifs il faisait sa toilette, jusqu'à la petite fente sous sa queue, mais surtout il restait allongé à ne rien faire, à laisser la vie passer en dormant. Cet animal n'était rien pour lui. Les murs, le plafond, l'ombre des arbres au loin, et le ciel au-dessus, et la terre en dessous, grouillante de vie – tout cela n'était rien. Plus rien.

Il mourut à l'âge de quarante ans.

Remerciements

Je remercie la revue *McSweeney's*, dans laquelle est paru ce texte pour la première fois.

Je suis également redevable à deux ouvrages, dans lesquels j'ai puisé certains détails factuels : *The Wild Boy of Aveyron*, de Harlan Lane (paru en français sous le titre *L'Enfant sauvage de l'Aveyron*, Payot, 1979) et *The Forbidden Experiment*, de Roger Shattuck (« L'expérience interdite », inédit en français).

Note de l'éditeur

La citation du rapport du Dr Itard, p. 162-163, est, suivant les libertés que prend l'auteur lui-même dans le texte original en anglais, très librement adaptée de l'authentique rapport de Jean Itard, publié à l'origine en deux volumes : *De l'éducation d'un homme sauvage ou des premiers développements physiques et moraux du jeune sauvage de l'Aveyron* (Paris, Chez Goujon fils, 1801), et *Rapport fait à son Excellence le ministre de l'Intérieur sur les nouveaux développements et l'état actuel du sauvage de l'Aveyron* (Paris, Imprimerie impériale, 1807), réédités aujourd'hui en un seul volume sous le titre *Victor de l'Aveyron* (Allia, 2009).

C'est de ce mémoire que s'inspire également le film de François Truffaut, *L'Enfant sauvage* (1970).

Nous renvoyons à ces deux œuvres le lecteur curieux de découvrir sous d'autres jours l'histoire de Victor, l'enfant sauvage.

Du même auteur (suite)

25 HISTOIRES DE MORT, *nouvelles*, traduit par Robert Pépin et Bernard Leprêtre, Grasset, 2002.

UN AMI DE LA TERRE, *roman*, traduit par Robert Pépin, Grasset, 2002.

D'AMOUR ET D'EAU FRAÎCHE, *roman*, traduit par Bernard Turle, Grasset, 2003.

LE CERCLE DES INITIÉS, *roman*, traduit par Bernard Turle, Grasset, 2005.

25 HISTOIRES BIZARRES, *nouvelles*, traduit par Robert Pépin, Jef Tombeur, André Zavriew, Grasset, 2006.

TALK TALK, *roman*, traduit par Bernard Turle, Grasset, 2007.

HISTOIRES CRUELLES, *nouvelles*, traduit par André Zavriew, Grasset, 2008.

LES FEMMES, *roman*, traduit par Bernard Turle, Grasset, 2010.

Cet ouvrage a été imprimé en France
par CPI Bussière
à Saint-Amand-Montrond (Cher)
en mars 2011

Composé par IGS-CP à L'Isle-d'Espagnac (16)

N° d'Édition : 16664. — N° d'Impression : 110415/1.
Dépôt légal : avril 2011.